Für Rita

Hans W. Wolff

Mir rüsdische Sennjorn

Geschischdscher un Gedischdscher
fer Hesse im reifere Alder

Mit Zeichnungen von
Ludwig Nardelli

SOCIETÄTSVERLAG

Satz: Nicole Proba, Societäts-Verlag
Umschlaggestaltung: Sebastian Sell und
Daniel Günther, Frankfurt
Druck und Verarbeitung: Ebner & Spiegel GmbH, Ulm
Printed in Germany 2009

ISBN 978-3-7973-1180-1

Inhalt

Sennjornsong

Mir rüsdische Sennjorn,
mir fiehle uns wie neu geborn,
wenn mir mit unsre frische Zelle
am Palmeschdrand von de Seyschelle
Kockteels schlörfe, schnorschle, tauche,
in de Bars Hawannas rauche,
braun gebrennt sinn wie die Mohrn,
mir rüsdische Sennjorn.

Mir rüsdische Sennjorn,
mir gewwe uns nochmaa die Schborn,
wenn mer beim Eiernmän mitlaafe,
uns endlisch maa en Porsche kaafe
un Sonndaachs middem Fallscherm schbringe.
Jawoll, aach des werd uns gelinge.
Mir feuern noch aus alle Rohrn,
mir rüsdische Sennjohrn.

Mir rüsdische Sennjorn,
mir bleiwe aach net ungeschorn.
Eines Daachs in unsere Ferie
bassiert ebbes in de Arterie,
im Häzze odder an de Gall.
Awwer selbst in so em Fall
gewwe mirs noch net verlorn,
mir rüsdische Sennjorn.

Radschleesch fer abgerüsdede Sennjorn

Liewer Sennjor, mach der nix vor:
Du bist en abgerüsdede Sennjor.
Du mäggsds allmehlisch selwer, gelle?
Lass des doch sei midde Seyschelle,
des ganze Schnorschele un Tauche,
des kannsde wägglisch net mehr brauche.
Von weesche Kockteels! Heer bloß uff,
so Sache hasde net mehr druff.

Mit dir iss net mehr asch weit her.
Mach der doch net dei Lewe schwer!
Du kannsds net mehr wie frieher bringe.
Heer besser uff mit Fallschermschbringe.
Duh aach de Eiernmän vergesse,
zu dick hasde disch aagefresse.
Lass die Hawannas annere raache,
dei Häzz kann des net mehr vertraache.

Such der am Sofa e schee Bleddsje,
un halt mit deiner Fraa e Schweddsje.
Es hilft nix: ihr seid jetz halt Alde.
Duht efder maa schee Hendscher halde!
Lees schee dei Zeidung un gugg fern,
denk jeden Aawend: s'werd schonn wern.
Un leesch beizeide disch uffs Ohr,
mein liewer abgerüsdeder Sennjor.

JUNGBRUNNEN

Iwwers Verschweische von Wehwehs

Mer soll ja als elderer Mensch net als von seine Wehwehscher redde. Des wolle die annern gaanet heern. Die hawwe genuch mit ihre eischne Wehwehscher zu duh. Isch krie selwer die Gasegischder, wenn de Willi Umbach, mein Keeschelbruder, zum hunnerdsde Maa von seine Bandscheiwe aafängt.

Isch halt misch da sehr zurück. Isch schweisch misch aus, obwohl isch an sisch Grund hätt, misch emaa auszuschbresche iwwer Krangheidserscheinunge wo mergwirdischerweis ausgereschend nach Keeschelaawende middem Willi Umbach ufftrede.

Also morschens, wenn isch so allmehlisch zu mer komm, heer isch da uff aama Schdimme, fremde Schdimme. Mei Aache brenne wie Feuer un en Exdraschmäzz fäht enei, wenn de Rollade hochgeht un des Sonnelischt drufffellt. Isch hab des Gefiehl dass mein Kobb als emaa aaschwillt un abschwillt. Sowie isch misch e bissi beweesch gerade isch forschbaa ins Schwiddse. Mei Kehl is wie ausgederrt un isch maan isch hätt Sandbabbier drin, hinne unne.

Wenn isch dann uffschdeh, beziehungsweis versuch uffzuschdehe, gerad isch asch ins Schleudern. Isch halt misch am Nachddisch fest, awwer mir kemmds vor, als deht der midschleudern. Komisch. Wenn dann uff aamaa innwennisch in meim Kobb aaner aafengt, middem Hammer geesche mei Schedeldeck zu haache, dann werd mers doch als emaa e bissi annersder.

Gehn sie aach keeschle? Misch deht schonn emaa indressiern, ob so Beschwerde erschendwie middem Keeschle zusammehenge.

Rad is Rad

Im Fall sie Fahrradfahrer sinn un uff die achzisch zugeh, hab isch aus alder Fahrradfahrererfahrung en gude Rat fer sie. Schdeische se reschdzeidisch von ihrm Hännfahrrad uffe Damerad um.

Es kimmt neemlisch ehr frieher als wie schbeder der Momment wo mer mit seim aane Baa net mehr iwwer de Saddel kimmt, un annersder kann mer net uffschdeische, weil eim die Schdang zwische Saddel un Lenker im Weesch is.

Bei Damereeder kann mer uffschdeische ohne sei Baa iwwer de Saddel worschdele zu misse.

Jetz gibts ja Menner wo sisch schenniern middem Damerad zu fahn. Die schdelle dann ihrn Heiger schreesch un versuche so, den Saddel zu erglimme. Isch rat dadevoo ab, aus eischner alder Fahrradfahrererfahrung. Isch habbs prowwiert un bin dadebei bees uff die Nas gefalle.

Es is aach net eizuseh, warum mer sisch als Mann uffem Damerad schenniern soll. Rad is Rad. Achde se maa druff, wie viele aale Menner beim Aldi uff Damereeder schdeische odder von dene abschdeische. Sie sinn net allaa, sie siddse mit alle annere aale Dameradfahrer in aam Boot.

Un noch was: es gibt en Haufe Persone weiblischen Geschleschts wo uff Mennerfahrreedern rumfahn. Achde se maa dadruff.

Iwwrischens: De Willi Umbach, mein Keeschelbruder, der liest mer als emaa mei Geschribbsel dorsch un hat mer gesacht, in meim erste Satz owwe deht de Buchschdabe „a" dreizeh maa vorkomme, ob des net e bissi viel uff aamaa wär. De Willi! Dadebei gibts viel kerzere Setz middem Haufe „a" drin, beischbielsweis: „Guggder maa maa aa Aach aa."

Awwer des nur newebei.

Fernweh

Aach wenn mer alt is, will mer reise,
mer will maa raus aus fesde Gleise,
es logge Bersche, Meer un Schdränd
in Lendern wo mer noch net kennt.

Net immer nur dehaam rumhogge!
denk isch, un mach misch uff die Sogge.
Vàzzeh Schdund Fluuch! Dann komm isch aa
mit mords Gekribbel in de Baa.

Erst schdeh isch rum beim fremde Zoll.
Die quassle mer die Hugge voll.
Isch hab doch gaanix zu erklern!
Des scheint die awwer net zu schdern.

Dann bringt misch en eggsodische Gesell
innem aale Taxi zum Hoddell.
Isch leesch misch hie un schlaf net ei.
Isch trink zwaa Konnjack, odder drei.

Taachs druff bin isch net in de Reih.
Mei Ääm un Baa sinn schwer wie Blei.
Im Hals schbier isch en digge Kloß,
innwennisch schdischds. Was is des bloß?

Dann Schiddelfrost. Isch bin verrazzt.
Des Zimmermeedsche rieft en Azzt.
Der redd was, isch verschdeh kaa Wort,
er schreibt was uff un mäscht sisch fort.

Isch nemm was ei, mei Fieber schdeischt,
mei Schlafaaziesch sinn dorschgeweischt,
isch wäljer misch im Fieberwahn:
Blitz un Donner, Hurrikahn!

Es Fieber fellt, isch pack mei Sache.
Des war de Urlaub. Nix zu mache.
Isch fliesch zurick, gebeuscht un lahm.
In Zukunft bleib isch schee dehaam.

Wie die Faust uffs Aach

Grad als elderer Mensch soll mer sisch immer mit ebbes beschefdische. Bloß net tranfunzelisch wern! Es derf aach ruisch e bissi was Aaschbruchsvolles sei. Net nur Briefmagge sammele un Kreuzwordreedsel leese.

Sie wern sisch sischer net besonners dadefer indressiern, wodemit isch misch grad beschefdisch. Isch saachs ihne trotzdem. Isch iwwersetz grad em Geede sein Faust ins Hessische. Sie, da hab isch mer ebbes eigebroggt. Am besde isch erklers ihne middere paar Beischbiele.

„Ihr naht euch wieder, schwankende Gestalten, die früh sich einst dem trüben Blick gezeigt ..."
So fengt de Faust aa, un dademit hab isch iwwerhaubd kaa Iwwerseddsungsbrobbleme:
„Ihr naht eusch widder, schwangende Geschdalde, die frieh sisch ainst dem triewe Blick gezeischt ..."

Schwierisch werds, wenn de Geede seim Faust odderm Mephisto odderm Gretsche erschendwelsche hochgeschdochene Werder in de Mund leescht, Werder wo kaan Hess iwwer die Libbe bringe deht. E Beischbiel:

„Ich bin der Geist, der stets verneint ..."

Also „stets“ un „verneint“, des sächt kaan Hess, aach net wenn isch in de Iwwerseddsung „schdeds“ un „vänaint“ draus mach.

In so erem Fall muss isch annere Werder eiseddse: „Isch bin de Geist wo als naa sächt ...“

Sie sehe, da lieht de Haas im Peffer. Da komm isch ins Schwiddse.

„Hier steh ich nun, ich armer Tor, und bin so klug als wie zuvor ..."
Was mach isch mit dem „Tor"? E Tor werd im Fußball geschosse, odder dadevor schdeht en Ochs, nehmlisch vorm Scheuertor. Fer en Dummkobb sächt des bei uns kaaner. Aach „zuvor" sächt hier kaaner. Was halde sie von folschender Meeschlischkeit:
„Dumm schdeh isch rum un waaß net mehr im Aacheblick als wie vorher ..."

Iwwrischens: Hawwe sie gemäggt, dass de Faust in dem Satz owwe e bissi gefrankfordert hat? ... und bin so klug als wie zuvor. „als wie" is allerbesdes, bodenschdendisches Frankforderisch, des wolle mer hier emaa fesdhalde.

Im folschende Satz hab ischs gleisch mit drei hochgeschdochene Werder zu duh: „befreit", „hold" un „belebend". So Werder sinn uns Hesse zimmlisch fremd. Die Redd is vom Osderschbazziergang:

„Vom Eise befreit sind Strom und Bäche durch des Frühlings holden belebenden Blick ..."

Isch habs emaa folschendermaaßen prowwiert:
„Des Eis is weg vom Schdrom un de Besch dorsch dem Friehling sein freundlische uffmundernde Blick ..."

An dem beriemde Dialooch zwischem Faust unnem Gretsche habb isch mer erst ganz schee mei verbleiwende Zeh ausgebisse, awwer dann hab ischs doch hiegekriet:

„Mein schönes Fräulein, darf ich's wagen,
meinen Arm und Geleit ihr anzutragen?"
„Bin weder Fräulein, weder schön,
kann ungeleitet nach Hause gehn ..."

„Mei scheenes Frollein, derf ischs waache,
ihne mein Aam un Begleidung aazudraache?"
„Isch bin kaa Frollein un aach net schee
un kann aach allaans haamgeh ...".

Wenns ihne gefellt, kenne se misch ja maa aarufe. Isch freu misch immer, wenn isch e bissi Fietbäck krieh.

Im Momment dokter isch annerer Schlisselzeil vom Faust erum:
„... das ewig Weibliche zieht uns hinan ..."

Bis jetz is mer nix besseres eigefalle wie
„... des ewisch Weiblische zieht uns enuff ..."

Noja, des kann ja noch komme. Jedenfalls wern ihne die paar Beischbiele gezeischt hawwe, was fer e Sissifussawweit isch mer da uffgelade habb.

Egal. Mer muss sisch als elderer Mensch beschefdischt halde. Sonst werd mer tranfunzelisch.

Unner Uffsischt

Fer aale Krigge wie misch isses en Seesche, dass mer e enerschisch Fraa an seiner Seid hat. Wenn die net dauernd uff misch uffbasse deht, isch wär beschdimmt schon vellisch verloddert. Sacht sie. Isch gebb ihne e paar Beischbiele.

Eim sei Äuseres is eim im Alder ja net mehr so wischdisch wie frieher. Mer kann ja sowwiso net mer kongurriern mit dene junge Laggaffe, un da lesst mer sisch alsemaa schonn e bissi gehe. “Wie lang willsden des Hemd eischendlisch noch draache?“, sächt mei Fraa, wenn se zwaa Woche kaa Hemd von mir im Weschkorb gefunne hat. Kann ja sei, dass des e Nachwirgung von Erfahrunge aus meiner Berufszeit is. Isch erklers ihne. Wenn isch mit Kolleesche uffere längere Dinnsdreis war, hawwe mir nach aa, zwaa Woche nur noch relladiefe Hemder gedraache. So hawwe mir des genennt, wenn mir von all dene dreggische Hemder im Koffer morschens des relladief saubersde aagezooche habbe.

„Laaf net immer in Schlabbe uff die Gass.“ „Du hast hinne im Knick schon widder lauder Löggscher, gehst du gaanet mehr zum Frisör?“ „Du mit deim Schdobbelkinn! Hasde des Rasiern widder vergesse?“ So Sache krieh isch häufisch zu heern. Dadebei sinn des doch alles nur Äuserlischkeide wo

mer iwwersehe kennt, wenn mer e bissi Aldersweisheit aagesammelt hätt. Mer kennt ja efders emaa de Blick uff die zahlreische innere Werde von eim seim Paddner rischde, maane sie net aach?

Isch mach mer jetz neuerdings als so Zeddel wo isch mer uffschreib, uff was isch im Hieblick uff häusliche Friede uffbasse muss. Da schdehn dann so Sache wie: Essgescherr in die Schbielmaschin! Fußneeschel schneide! Schuh buddse! Beim Haawesche Siebsche in de Abfluss leesche! Leere Bierflasche zum Aldi zurick! Fännseher aawends ausmache! Krimmel nachem Fännseh uffkehrn! Sie, des sinn ganze Liddaneie wo isch mer da uffschreib.

Bleed isses nur, dass isch mei Zeddel alle Nas lang verleesch. Awwer isch hab ja mei Fraa. Die sächt mer, was ich all mache muss.

Vor de Obberrazzjohn

Mer werd disch morsche obberiern?
No ja, des kann ja maa bassiern.

Doch eh die Sach vonschdadde geht,
da wersde dorsch die Miehl gedreht.
Dein Bluddruck, der werd kondrolliert
un orndlisch driwwer Buch gefiehrt.
E Porzion Blut werd abgezabbt
un Flaster uff de Schdisch gebabbt.

Dei Innelewe iwwerall
beguggt de Azzt im Uldraschall.
Wie's Häzz schafft willer aach noch seh,
drum mäschter schnell e EKG.
S'gibt Sache wo dir gaanet basse:
ins Dibbsche mussde Wasser lasse,
en Finger schdeggt mer dir wonei,
verdebbel aach, es muss halt sei,
un eh se dir de Bauch uffschlitze
krieste e mords Drommboseschbritze.
Dann werste in e Hemd geschdeggt,
bei dem dein Bobbes unbedeggt.
Jetz ruisch un nur net uffgereescht,
noch werste in kaan Sarsch geleescht.

Duhn se disch Rischdung OP bringe,
denk an de Götz von Berlichinge.

Nach de Obberrazzjohn

Bisde net doot, werste erwache,
waascheinlisch middem troggne Rache.

Du bist e bissi auser Puste
un maanst du misst gleisch Breckscher huste.
Ach so, du bist ja obberiert!
Des haste awwer net geschbiert
in de Nakose im OP.
Doch jetz duhts langsam zimmlisch weh
in deine unnre Leibesmitte,
wo mer dir ebbes weggeschnitte.
Desweesche musste disch jetz schone.
Du kriehst en Haufe Infussjohne.
Des Zeusch, zwaa Lidder odder drei,
des drebbelt als in disch enei.
Die Schwesdern,die wo nach dir gugge,
die schaffe Pille bei zum Schlugge.
Zu fuddern gibts, schdatt Kraut un Ribbscher,
nur Zwiebäck un ganz dinne Sibbscher.
Mer siehts, du hast schonn abgenomme,
wie sollste so zu Kräfte komme?

Des hängtder bald zum Hals enaus.
Da gibts nur aans: nix wie nach Haus!

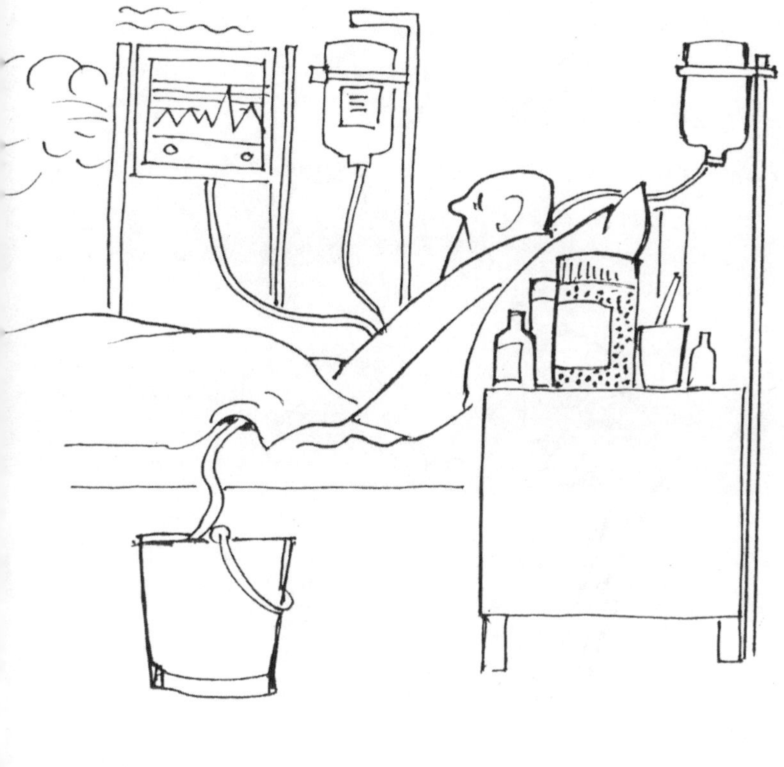

Wodraa mer mäggt dass mer alt werd

- Mer will widder maa middem Rad de Feldbersch nufffahn, awwer uffem halwe Weesch geht aam die Pust aus.
- Mer setzt sisch in sein Schaugelschduhl, krieht en awwer net zum Schaugele.
- Die eischne Kinner komme aam schdack gealdert vor.
- Mer beißt inne Koddlett nei un die Zeh bleiwe drin henge.
- In de Wohnung is viel mehr Platz wie frieher, awwer im Azzneischrank immer wenischer.
- Eim sein Bauch werd als digger un die Bizebbs als dinner.
- Als mehr Körberdeile duhn weh, un die wo net weh duhn fungsjonniern net mehr rischdisch.
- Wenn erschendwo en Wasserhahn drebbelt muss mer schnell uffs Klo.
- Mer is reisch an Erfahrung un kennt en Haufe gude Radschleesch erdeile, nur kaa Aas will se heern.
- Mer sucht sei Brill un mäggt erschendwann dass mer se uff de Nas hat.
- An aam Daach verleescht mer sei Schlissel, am annern sei Pordmonneh.
- Mer vergisst sei eischen Tellefonnummer.
- Eim sei Fraa säscht eim, den Witzz hätt mer schonn fuffzischmaa verzehlt.
- Mer hilft ere aale Dame bei Grien iwwer die Schdraaß un mäggt uff aamaa des des eim sei eischen Fraa is.

Verschdendlisch

Da, guggese maa, da vorn,
da lieht e Flinte in dem Korn.
Die is von mir. Sie misse wisse,
mir gings ja sowas von beschisse.

Erst war mei Häusje abgebrennt,
dann is mei Fraa mer fortgerennt,
noch äscher isses dann gekomme:
mer hat mein Blinddamm rausgenomme.

Erschendwann im leddsde Jahr
sah isch mei ersdes graues Haar.
Da ging mers sowas von beschisse,
dass isch die Flint ins Korn geschmisse.

Damals un heut

Viel is net drin im Portmonnee,
die Preise gehn als in die Heh.
Zisch Jahr lang hat mer brav geschbaat,
un jetz, da hat mer de Salat.
Es reischt net vorne un net hinne.
Isch fraach sie maa, wie sie des finne?

Annererseits: was nitzt des Klaache?
Mir warn schonn in viel schlimmre Laache.
Wisse sie noch, wie des war,
so vor paarunseschzisch Jahr?
Da war hier rum e Trimmerfeld
un mir verhasst in aller Welt.

Milljone warn da uff de Flucht
un hawwe Unnerschlubb gesucht.
Hab un Gut, des war verlorn,
Gehungert hat mer un gefrorn.
Wer des net ganz vergisst, verschdeht,
wie gut's uns eischendlisch heut geht.

Wie e Sieb

Isch waaß net, wies ihne geht, awwer fer misch is mei zunemmende Vergesslischkeit des alleräscherlischsde Aldersiwwel iwwerhaubt.

Weh duht se ja net, die Vergesslischkeit. Awwer aans saach isch ihne: von mir aus kennde die Schmäzze in meim Knick un in meine gischdische Hend ruisch noch e bissi schlimmer wern, wenn dadefer mei Gedeschdnis widder e bissi in die Reih komme deht. Mer waaß ja wies is. Da begeeschent aam en Nachbaa, der kimmt kondaggdfreudisch uff aan zu un redd aan mit eim seim eischne Name aa, awwer dem

sein Name fellt eim net ei, net ums Verbladdse. Peinlisch, peinlisch. Wenn des zwaamaa bassiert, dann werd im ganze Verdel iwwer aan geschnuddelt. Isch bin desweesche vorsischdshalwer schon dadezu iwwergegange, so Leut mit „Fraa Nachbarin“ odder „Herr Nachbaa“ aazuredde, aach wenn se zwaa, drei Egge weider weg dehaam sinn.

Viel schlimmer isses mit de Schdraaßename in unserm Verdel. Es is nur en schwache Trost, dass isch die Schdraaß wo isch selwer wohn im Griff hab. Uff Krieschsfuß schdeh isch mit de meisde annern: Eichendorff, Mörike, Platen, Raabe, Raimund, Liliencron. Un de todaale Kriesch is ausgebroche zwische mir, em Grillparzer un em Rosegger. Die Name hat de Deiwel geseh. Die sinn erschendwann in e dief Loch innwennisch in meim Hernkasde gefalle, un seit der Zeit dadrinne eigeklemmt. Isch hab prowwiert und prowwiert, midde paa Triggs an se raazukomme, beischbielsweis dadorsch dass isch an Viescher gedacht hab: Grillparzer, Raabe, odder an Beem, Blumme un Gemies: Eichendorff, Rosegger, Liliencron, Mörike. Hat nix genitzt. Hat nur Dorschenanner gegewwe. Wenn isch en Ordsunkundische in die Grillparzer lodse wollt, habb isch gedacht, es is ebbes wo mit Viescher zu duh hat: Fix? Welf, Kaddse? Maikewwern? Bei de Ricarda Huch hab ischs middem Krisch versucht, huch!, hat aach nix genitzt, ewesowenisch wie die Mafia bei Ganghofer odder de Karl Lagerfeld bei de Selma Lagerlöf.

Es is zum Fordlaafe. Isch kann mer kaa Name mehr mägge, un wenn isch misch uff de Kobb schdell.

Jetz mach isch die Sach annersder. Isch saach dann so Sache wie: Fahn se uff de Eschersheimer (die hab isch zufellisch aach im Griff) von Norde nach Siede bis zum dridde Leerflaschekondeener, dann reschds bis zu dem geele Briefkasde. Schreesch geescheiwwer is e Garraasch middem Graffiddo vonnem naggische Meedsche. Des Haus dadenewer, des isses. Des klabbt in de meisde Fell. Mer muss sei Verdel nur schee eideile nach ufffellische Sache wie Hiddrande, Schdromkesde, Liddfasssäule, Schdraaßeladderne un so.

Relladief eifach isses bei Auslender wo es Iranische Konsulat suche. Da geniescht e bissi Gefuchdel midde Ääm un Korzhieweise wie „ersde lings, zweide reschds“ mit Unnerschdiddsung dorsch Zeische- un Middelfinger.

Wenn mir gaanix eifällt, dann zugg isch halt eifach midde Aggsele un mormel ebbes innerer exodische Schbraach.

Aans muss iwwrischens aach emaa gesacht wern: die Vergesslischkeit an sisch hat aach ihre gude Seide. Schdelle se sisch bloß emaa vor, mer misst des ganze schlääscht Geschwedds all behalde, was aam taachteeschlisch um die Ohrn gehaache werd!

Geherndraining

Isch glaab, isch hab se net mehr alle:
Name von Leut duhn mer endfalle!
Da geht e Nachbarin vorbei,
doch wie die haaßt, fellt mer net ei.

Hexal behaubd, skennt besser wern,
bloß Sauerschdoff fehlt im Gehern,
sgäb gude Pille dadegeesche,
mit Gingium odder so - von weesche.

Mer sollt sisch viel mehr geisdisch riehrn
un orndlisch maa sein Kobb drainiern.
Es nitzt beschdimmt aach ihrm Geherne
wenn se mei Schbrisch auswennisch lerne!

Nix bleibt wies is

Wenn mer als elderer Berjer e bissi genauer driwwer nachdenkt, was sisch im Laaf von eim seim Lewe alles verennert hat, da kanns aan schonn vom Schduhl haache.

Da hat mer en Kriesch midgemacht, die aale Geeschner sinn middlerweil Verbindede worn, des eischne Land is erst geteilt un dann widder vereinischt worn, de Sowjeddschdern is unnergegange, de Schinnese ihrn Schdern geht uff. Wo mer hieguggt, nix bleibt wies is.

Isch sinnier manschmaa so e bissi iwwer die klaane Sache im Lewe nach wo sisch verennert hawwe.

Wisse sie noch, wie beischbielsweis in de dreissischer Jahrn so en normale Daach dehaam ausgesehe hat? Net beim Brofesser Dokter Sowwiso, naa, bei klaane Leut? Also isch seh misch als klaane Bub beim Feuer aamache im Winder. In de Kisch. Erst die Esch ausem Herd im Eschekasde naus in de Gadde, ins Escheeck. Dann Zeidungsbabbier ins Ofeloch, dadriwwer Klaaholz, dadriwwer e bissi digger Holz, dann e Schdreichholz draa. Eschendwann schbeder, wenns Feuer rischdisch gebrennt hat, e Schibb Eierkohle odder en Briggedd.

Die meisde Leut heutzudaach wisse gaanet mehr, was Eierkohle und Briggedds sinn.

Wenn die Wasch gewesche worn is, da hat die Mamma ihrn Schaff gehabt. Erst is die Wasch eigewaascht worn, im Waschkessel. In de Brieh isse efders middem Riehrholz orndlisch umgeriehrt worn. Dann is e Feuersche unnerm Waschkessel gemacht worn, wie am Herd in die Kisch. Schbeder is des ganze Zeusch dorschgekocht worn, dann Schdick fer Schdick mit de Hand geberscht, dann gewessert, dann ausgerunge, drause uff de Wiss ausgeleescht worn zum Bleiche, dann uff ausgeschbannde Leine mit Holzklammern uffgehengt un gedroggend worn. Die Bedddischer dorfde net ganz trocke sein. Die hat mer dann mit de Mamma ibbers Eck grad gezobbelt, damit se schbeder eifacher dorsch die Holzmangel gedreht wern konnde.

Isch hab misch oft als Bubsche hinner de uffgehengde Bedddischer verschdeggelt, un die Mamma hat so gedah als deht se misch net finne. Des warn gligglische Mommende.

Was hat sisch die Landwerdschaft verennert. Am Aafang vom Kriesch simmer als Bube in de sogenannde Warthegau geschiggt worn. Dorthie hat de Hitler, nacherem Verdraach middem Stalin, „Volksdeutsche“ aus Wolhynie un Galizie umgesiedelt.

„Heim ins Reich“ hat des damals gehaaße. Als Soldade uff nix wie Riggziesch hawwe mir des schbeder umgewannelt in „mir wolle haam, uns reischds“.

Von was hadde mers? Ach ja, von de Landwerdschaft. Also, die ins Reisch haamgeholde Bauern hawwe die Felder gekrieht wo vorher de Pole geheert hawwe. Die mussde fer die neue Herrn als Kneschde awweide. Hawwe mir Bube da e bissi schlecht Gewisse gekrieht? Isch glaab net. Mir warn damals ganz schee uffgegrazzt von all dene Siesch iwwer die Feinde vom Großdeutsche Reisch: die Pole, die Deene, die Norweescher, die Belschier, die Hollender, die Franzose.

Mir hawwe ordndlisch geholfe, damits so weidergeht. Die Korngarwe wo die Pole mit de Sens gemeht hawwe, die hawwe mir Buwe ausem „Altreisch“ mit aanzelne Kornhalme zusammegebunne - jessesnah, hawwe die Disdele geschdoche! - un dann zu Termscher zum Troggene zusammegeschdellt, Kornmandele hat mer des glaab isch gehaaße. Schbeder hawwe mer des Korn gedrosche. Mit Dreschfleeschel! Schdelle se sisch des bloß emaa vor: des Korn hat uff de sogenannde Tenn geleesche, un mir hawwe mit lange Knibbel, an dene owwe en korze Knibbel aagebunne war, uff die Halme druffgehaache, damit die Kerner nausgefalle sinn.

Heut mache des die Mehdrescher hunnert maa schneller, awwer lang net mehr so altehrwirdisch wie frieher.

In Klein-Pappel, heut haaßt des Toppola odder so ehnlisch, hab isch aach gelernt, wie mer Kieh melkt, mit de Hend, net mit so Abbarade wie heut. In Frankreisch, im Hungerlaacher, hab isch misch oft gemeld wenn franzeesische Bauern ins Laacher gekomme sinn un deutsche Kneschde fer ihrn Hof gesucht hawwe. Isch hab dann immer behaubd ich kennt Kieh melge. „Je sais traire des vaches.“ Die Bauern hawwe dann immer uff mei Hend un uff mei Finger geguggt. Offensischdlisch hawwe die kaan gude Melgeidruck gemacht, un isch hab misch nie uffem franzeesische Bauernhof e bissi dorschfresse kenne.

Egal. Sie sehe, nix bleibt wies is.

Fiddness ade

Fiehlt mer, ach, des Alder nahn,
paggt aan oft de Juuchendwahn.
Mer kramt die aale Tornschuh raus,
dschoggt schnaufend in die Welder naus,
duht zwischedorsch de Pulsschlaach zähle
un sisch an Äst mit Klimmziesch quäle.

Im Fiddnessklub meld mer sisch aa,
geht vier maa hie, mit seiner Fraa,
un bild sisch ei, dass die Geräde
fer eim sei Fiddness Gudes däde.
Des geht denewer, mäggt mer bald.
Mer schaffds net mehr. So isses halt.

E innre Schdimme säscht eim: Mann, heer uff,
du hast so Sache net mehr druff.
Drum lässt mer halt die annern dschogge,
bleibt selwer uffem Sofa hogge,
mäscht sischs bequem un lässt sisch geh:
Ach, is des schee, ach, is des schee!

Die Geschicht vom Hut

En Väein is en Seesche, besonners fer eldere Mensche. Mer kimmt unner Leut wo ehnlische Indresse hawwe wie mer selwer, mer freundet sisch aa, mer duht alsemaa zusamme aan hebe, sie kenne des.

Mei Fraa is im Hundeväein. Isch net. Mir reischt die teeschlische Tuchfiehlung mit unserm Hund, dem Dabbes. Isch bin im Keeschelväein „Nach Neun“. Mir treffe uns aamaa in de Woch un hawwe unsern Schbass beim Keeschle. Un dadenach beim Schobbepeddse.

Dadebei is en besonnere Gägg dass reihum immer aaner von uns en Schwank aus seim Lewe verzehle muss. Es leddsdemaa war mein Keeschelbruder Willi Umbach an de Reih.

De Willi is Scheffmonteur bei erer Frankforder Baufirma un fehlt leider oft bei unsere Keeschelaawende, weil er grad widder maa uff erer Bauschdell, manschmaa in weit endfännde Weltgeeschende, schaffe duht. Nach so enem Eisatz muss de Wili sei Reiseabreschnung seim Direggder zum Abzeischne vorleesche. Wie er es leddsdemaa aus Sizielje widder haamgekomme is, hadder also sei Reschnung dem Herr Zimmermann, aach en mit Maawasser gedauftem Frankforder, vorgeleescht.

Mer misst wisse, hat de Willi zu uns Keeschlern gesacht, dass de Zimmermann en iwwermeeßisch gewissehafte Vorgeseddsde is, bei dem alles bis uffs i-Dibbelsche schtimme muss un der bei so Reiseabreschnunge immer in de Krimmel sucht.

Wie also de Zimmermann em Willi sei Reschnung dorschgange is, hadder an aaner Schdell de Willi gefraacht: „Was sollen des, en Hut fer achzisch Euro?“

„Ja“, hat de Willi gesacht, „an dem Daach hats en mords Schirroggo von Affrigga her gegewwe. Der Schdormwind hat mer mein Hut vom Kobb gerisse un ins Meer fordgeweht.“

„Die Firma zahlt net fer ihr Hiet.“

Dadezu hat de Willi kaan weidere Kommendaa abgegewwe. Awwer wie er nach seim näschsde Bauschdelleeisatz sei Abreschnung bräsendiern musst, da hadder seim Scheff folschendes gesacht:

„Herr Zimmermann, in dere Reschnung is aach mein Hut drin, awwer finne duhn Sie den beschdimmt net.“

Vorbei

Mir schrumbelische aale Herrn,
mir denke als emaa ganz gern
an junge Fraue, feurisch, prall,
aus erem friehere Sindefall.

Ach kennt mer nochmaa jinger sei!
Mer kanns ja net, es is vorbei.
Doch denke draa duun mir ganz gern,
mir schrumbelische aale Herrn.

Net druggreif

Aans muss isch hier emaa loswern. Aus dem Bischelsche hier hätt e rischdisch Buch mit e paar hunnert Seide wern kenne.

Wenn, ja wenn mei Fraa net als die Helft von meine in hadder Awweit zu Babbier gebrachte Gedange uffen Index seddse deht. Sie, die is schlimmer wie de Waddikan.

Es is reiner Zufall, odder awwer geddlische Füüschung, wenn ihr maa e Geschribbsel von mir dorsch die Labbe geht wo aach nur endfännt als Kriddigg am weiblische Geschlescht ausgeleescht wern kennt. Was maane sie, wieviel Mannusgribbde von mir schonn zerrobbt worn sinn, von meiner eischne Fraa! Aach net nur so Sache wo se fer andifemminissdisch helt. En Haufe von meine in hadder Awweit zu Babbier gebrachte Eifell dehde die Juuchend gefehrde, wärn bolliddisch aarischisch odder aafach wullgehr. Sachtse.

Die verrobbt se aach.

Nach so erer scheemische Vollreinischung dehde nur Sache iwwrisch bleiwe wo kaam uff die Fieß trede un wo mer aach hinner Klosdermauern lese kann.

Wenn, ja wenn mers net als emaa gelinge deht, hinner ihrm Rigge ebbes Knaggisches dorsch die Zensur zu schmuggele.

Wenns dann gedruggt vorlischt, fellt mei Fraa erst aus alle Wolge un dann iwwer misch her: „Wie kimmt der Götz von Berlischinge da enei?“

Isch zugg dann bloß midde Aggsele.

Sammelsurium

Denke sie aach als emaa an die Zeit wo sie noch en klaane Bub odder e klaa Meedsche warn? Wenn isch so vor misch hie schbindisier, da kimmt mer immer mein Vadder in de Sinn.

Mein Vadder war en ganz große Liebhaawer von de Nadur. Von ihm waaß isch des meisde iwwer Beem, Blumme, Pilse un Viescher. Was hat der all gesammelt! Minneralje, Verschdeinerunge, gedroggende Flanze, Kewwern un was net all.

Ihm verdank isch mei Neischung zum Suche, Finne un Uffbewahn von Sache wo meiner Fra als emaa asch uff die Näffe geh, weil se alle Schrenk un

Schubblade verschdobbe. Des hat womeeschlisch mit meim Äbbgut zu duh. Mei Aahne warn sischer Sammler, kaa Jeescher. Iwwrischens: wenn des Wort „Äbbgut“ äschendwie naziverseuscht is - isch nemms zurigg. Uff mei alde Daach will isch misch net mehr mit all dene Leut aaleesche wo alle Werder aus unsere Schbraach ausmäzze wolle wo emaa von erschendem Owwermäscher in dere Zeit benitzt worn sinn. Dadriwwer hab isch misch lang genuch uffgereescht. Schwamm driwwer.

Von was haddemers? Ach ja, vom Sammele. Isch warn sie, die Geschischt werd e bissi lang. Sie hawwe nehmlisch kaa Aahnung, was für Zeusch isch als sammele duh. Des geht schonn los bei em Häbbstschbazziergang. Da komm isch haam middere ganze Dasch voller Kassdannje, Haachebudde,

Haselniss, Voochelbeern un Schneggehäusjer. Wenn mei Fraa säscht: „Was willsden jetz schonn widder mit dem ganze Zeusch?“, saach isch nix. Isch arrangschier des Zeusch alles uffem große Deller, schdell den Deller uffs Biffee un wadd ab. Erschendwann sieht en mei Fraa un meisdens duht se dann so, als obs ihr aach gefalle deht. Vielleischt gefellds ihr wägglisch. Isch waaßes net.

Mit dem Sammele hab isch schonn als ganz klaaner Bub aagefange: Knebb, Bildscher aus dene Ziggareddepaggunge von meim Vadder, aal Klaageld vom Obba un de Omma. Abbroboo Klaageld: wie isch zägga zeh, zwelf Jah alt war, hab isch mer mei erst eischen Geld verdient. In Mühlheim am Maa, wo mer damals gewohnt hawwe, dorft isch als Bub die Beidreesch von em Väein eisammele wo sisch um die Deutsche im Ausland gekimmert hat. VDA hadder gehaaße. Dadefer hab isch selwer e bissi Geld gekrieht. Des Geld hab isch mer in Zehner un Finferminze wechsele lasse un innere große Brallineschachdel uffbewaht. Aawends hab isch die Schaddsdruh uffgemacht un misch an dem Aablick geweid. Wer waaß, was aus mir geworn wär, wenn sisch die friehkindlische Geldgeilheit weiderendwiggelt hätt.

Net viel schbeder is de Zweide Weldkriesch ausgebroche. Fer uns Klaane war des en mords Schbass, da kammer heudzudaach nur noch de Kobb schiddele. Wenn nachds die feindlische Fliescher gekomme sinn, da hat die Flak geschosse, awwer wie. Isch hab misch damals oft heimlisch ausem Lufdschuddskeller nausgeschlische un geguggt, wie die Scheiwäffer iwwer de Himmel geschdrische sinn. Der war alsemaa bluudisch rot von Brend nach dene Lufdaagriff. Jesses naa, da hats gepiffe von Bombe un gesummt von dene hunnerde von Flakschblidder wo noch lang nach dene ihre Exblosion owwe im Himmel uff die Ääd gefalle sinn. Des hat ganz schee gekladdscht, wenn die uff die Gass geknallt sinn, odder es hat geschebbert, wenn Dachzieschel kabuddgange sinn.

Da sinn mir Bube schon friehmorschens naus un hawwe eigesammelt, mords Brogge von de schwere Achdachdflak, ganze Schdigger von englische Magnesiumbrandbombe un Schdannjohlschdreife, wodemit die Englender unser Raddaa geschdört hawwe. Die hawwe morschens in de Beem von unserm Gadde gehange, die Schdannjohlschdreife. Net die Englender. Des hat wie Krissbaamlammedda ausgesehe.

Schbeder als Soldat an de Front un als en Gefangene hinner Schdacheldraht hab isch nix sammele kenne, auser beese Erfahrunge. Halt, schdimmt net ganz. In Gefangeschaft, im Hungerlaacher Chartres, hats fast nix zu Esse un gaanix zu lese gegewwe. Da hawwe einische von uns aagefange, de Faust vom Geede ausem Gedeschdnis zusammezubasdele. Mir waan da zu Dausende zusammegeferscht, un mer hat immer widder maa aan gedroffe wo e fehlende Zeil ausem Faust ziddierrn konnt. Des hawwe mer alles uff Klobabbier uffgeschriwwe. Des war in dem Laacher des aanzische Ziwwilissadsjonsgut wo net knapp gewese is. Isch selwer hab Werderbischer in Englisch, Franzeesisch un Deutsch brodduddsiert, alles ausem Gedeschdnis, des damals noch brima fungsjoniert hat. Es hat aan ja aach kaan volle Bauch geschdeert.

Nachem Kriesch un nach de Gefangenschaft hab isch widder rischdisch losgeleescht middem Sammele. Von jedem Middelmeerurlaub hab isch kisdeweis Muschele mit haamgebracht. Jetz verschenk isch die so nach un nach an die Enkel un die Nachbaaskinner.

Des Fossieljesammele hab isch von meim Vadder iwwernomme. Mein schennsde Fund war e Ammonshorn, so groß wie en runde Laib Brot, zägga finfhunnert Milljohne Jahrn alt. Des hab isch im Flussbett von de Wutachschlucht im Badische endeggt.

Die Minneraljesammlung von meim Vadder hab isch geäbbt un erweidert. Wenn se maa bei mir vorbeikomme, zeisch isch se ihne gern. An de meisde Schdigger, mit so scheene Name wie Kryolit, Monazit, Zölestin, Polyxen, Diaspor, hängt e Erinnerung an mein Vadder, fer den isch oft en Fund beschdimme lasse musst vom Scheff von de Geologische Abteilung von de Frankforder Metallgesellschaft, wo isch selwer aageschdellt war, wie se noch groß un aagesehe war. Jetz isse samt schdolzem Name de Bach nunner. Vor dem Scheffgeolooche seim kundische Aach konnt kaan Schdah sei Geheimnis bewaan. Fer wertlose Funde hadder en scheene Ausdruck gehabt: „Des is Wegschmeissit."

Isch kennt jetz noch fuffzisch Seide fille mit all meim Sammelsurium, awwer isch will sie net langweile. Bloß schnell noch aa Werdsche zu meiner Sammlung von Weiedikedde, allminanner von Flasche wo isch allaans odder meisdens mit liewe Zeschbriedern und -schwesdern geschläuscht hab. Saache se selbst: sinn des net wunnerscheene Name uff Weiedikedde? Zeltinger Himmelreich, Forster Unge-

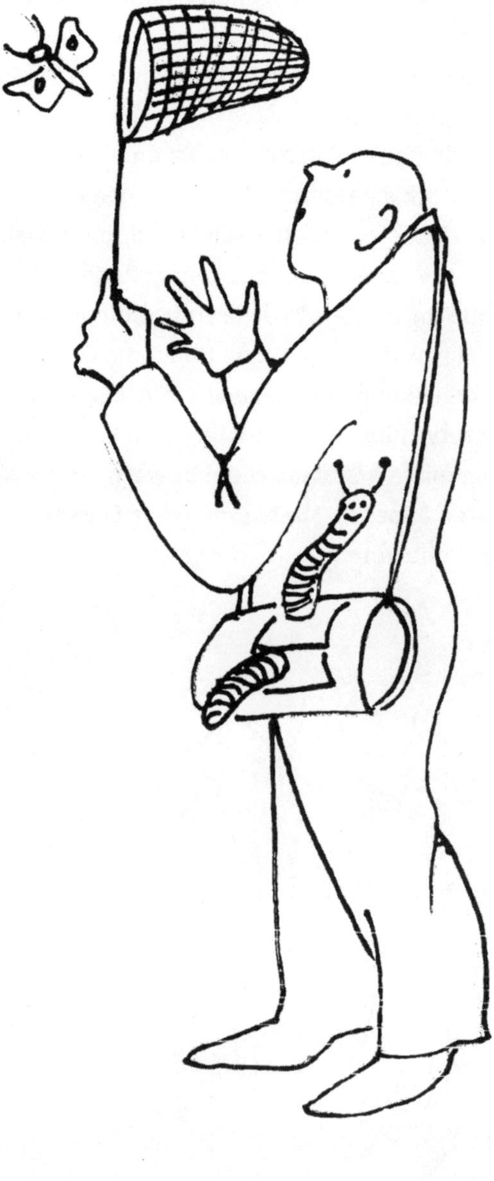

heuer, Wachenheimer Gerümpel, Randersackerer Ewig Leben. Kröver Nacktarsch klingt aach net iwwel, awwer en edle Wei is des net.

Uff mei aale Daach hab isch des Sammele von Sache schdack eigeschrenkt. Mei Fraa waaß des zu scheddse. Dadefer sammel isch kreffdisch in meim Hernkasde: Witzjer, Ziddade, Anneggdode, Gedischde un so. Die Vordeile vom Sammele im eischne Hernkasde lieje uff de Hand: die Geescheschdend kenne net geklaut wern, kaa Feuer kann se zerschdörn, sie schdehn kaam Bauer im Kraut, sie misse net abgeschdaubt wern, un sie hinnerlasse de ääbende Nachkomme kaa Endsorschungsbrobbleme.

Tiddschino

Hawwe Sie in ihne ihrer Fammillje aach so e paar Schbrisch, mit dene mer in aam Wort oder zwaa e wischdisch Sach iwwerdeudlisch mache kann?

Mei Fraa un isch hawwe dadevoo mehr wie genuch. Isch gebb ihne zwaa Beischbiele.

Mir sinn emaa, wie mer noch jung un knaggisch warn, mit unsere zwaa klaane Kinner in Urlaub gefahn, innerem fungelnaachelneue Wohnwaache, quer dorsch Sieddeutschland in die Schweiz. Zwaa Woche hawwe mer am Vierwaldschdedder See gekembd. Dann sinn mer eines Morschens bei Sonneschei un blauem Himmel uffgebroche nach Italje. Bei de Faht dorsch des wunnerscheene Tessin mit seine malerische Schdeddscher un Derfscher is mer des Häzz uffgegange wie en Krebbel un isch hab in meiner Begeisderung uff Iddaljenisch gerufe: Aaah, Ticino! Im selwe Aacheblick hats gekracht. Mer habbe aagehalde, sinn ausgeschdische, un da hadde mer de Salat: iwwer die ganz Leng von unserm fungelnaachelneue Wohnwaache hat sisch en mords Raddscher gezooche. Schdelle se sisch vor: aan Aacheblick lang hat isch in meim Iwwerschwang net uffgebasst un war an em hohe Killomederschdah endlang geschrabbt. Seit der Zeit

geheert des Wort „Tiddschino“, uniwwerheerbar in mei Rischdung gerufe, zum fesde Rebberdoah von meine Fraa.

En annere deraadische Schbruch is seit unsere Hochzeitsreis net mehr aus unserm Lewe wegzudenge.

Mir hadde uns am Klopeiner See in Kärnte innem wunnerscheene klaane Hoddell eiquaddiert. E paar Schritt weg konnt mer in de See hibbe, in finf Minuude war mer innem Wald wos von Pifferling gewimmelt hat. Dorschs Zimmerfensder hat mer uffe e Blummewiss geguggt. Des reinsde Parradies.

Nur de Wasserhahn im Zimmer hat als gedrobbt.

Des hammer dann beim digge Hoddeljeh regglammiert. Der is mit seim Wäggzeuschkasde zu uns nuff gekomme und hat e halb Ewischkeit an dem Wasserhahn rumgeschraubt. Der hat awwer als weidergedrobbt. Erschendwann hat de Digge sei Wäggzeusch falle lasse mit der denkwirdische Bemäggung: „Wissens wos, rinnen lassen."

Seit der Zeit, wenn mei Fraa un isch e Brobblem net leese kenne, gugge mer uns goddergewwe aa un saache, oft aus aam Mund, „Rinne lasse".

Häwelmannreisen

Middem Reise im Alder is des ja so e Sach. Die Knie duhn eim weh, de Buggel. Nach zeh Minude Rumschdeh hat mer des Gefiel, mer misst sisch unbedingt hieseddse un aach e ganz Zeid lang siddse bleiwe. So isses halt, die Mobbillideet nimmt ab.

Hawwe sie in leddsder Zeit maa e lengere Omnibusfaad gemacht? Des Geschiddel geht aam doch asch uff die Knoche, gell, un erst des schaffe Bremse manschmaa, wie aam des ins Kreuz fäht! Die Baa kammer aach net rischdisch beweesche, da fehlt bloß noch, dass mer bei soerer Faad e bees Drommboos in die Baa krieht.

Wenn se misch fraache, isch verleesch jetz mei Reiseteedischkeit e bissi mehr ins Gedanglische. Isch erklers ihne. Als klaaner Bub hab isch emaa e Geschischdsche gelese, odder mei Omma hat mir des Geschischdsche vorgelese, so genau waaß ischs net mehr, die hat gehaaße „Der kleine Häwelmann“. Geschriwwe hat die Geschischd Theodor Storm, wenn mer mei Gedeschdnis net schonn widder en Schdreisch schbielt. Mei Fraa kann ja maa im GOOGLE nachgugge, ob des schdimmt. Isch selwer kimmer misch net mehr um den ganze Kommbjuderkram, isch bin da iwwerfoddert, isch gebbs zu.

Von was hadde mers? Ach ja, vom klaane Häwelmann. Also der hat sisch eigebild, er kennt aawends mit seim Beddsche dorschs offene Fensder enaus in die Schdernenacht fliesche un unnerweeschs goddwaaßwas fer Awendeuer erlewe. Sehnse, un genau des mach isch, wenn isch nachds wach wer un net mehr eischlafe kann. Isch redd mer ei, isch wär de klaane Häwelmann. Dann fluddsch isch mit meiner Liescheschdatt dorschs Fensder un lass misch erschendwo hiedraache. Beischbielsweis in des Häusje, wo isch uff die Welt komme bin. Sie, des is gaanet so eifach, sisch die ässde Bilder zu vergeeschewäddische, wo mer von eim seim eischne Lewe hat!

Isch seh misch in dem Fall als vor de Nähmaschin von meine Mudder siddse. Die Fieß von meine Mudder beweesche e Peddaal, die Maschin schnorrt, en Hewel owwe an de Maschin knaggt. Isch heer des Geräusch noch genau, mäggwirdisch. Es is ja schonn zisch Jah her, un die Mamma is schon lang unner de Ääd. Die Nähmaschin beschdeht aus lauder Schnörgele, schwazz, mit goldene Schdreife drinne. Schbeder habb isch den Name lese kenne: SINGER. Da hat mer die Mamma gezeischt, wie mer middem Schdaubduch de Schdaub geduldisch aus all dene Rille in de Schnörgele enauswischt.

Sie sehe, als klaaner Häwelmann kann mer ganz indressande Reise mache. Die kosde nix. Es geniescht, wemmer sein Hernkasde e bissi in Beweeschung seddst. Prowwiern ses emaa aus.

Wie kriet mer Aaschluss?

Im Fall sie des Gefiehl hawwe, sie dehde langsam so e bissi väeinsame, kaa Angst. Isch hätt da en Vorschlaach fer sie, aan wo isch selwer schonn ausprowwiert hab.

Leesche se sisch e klaa Hundsche zu. Vielleischt ausem Tierheim. Es kann ruisch e Bromenademischung sei. Uff kaan Fall en mords Keeder wo meeschlischerweis Wudaafell kriet un Angst un Schregge um sisch erum verbreide duht.

Gewinne se erst emaa die Zuneischung von ihrm Hundsche dorsch Werschdscher, Leggerlies un teeschlisch mehrmalische Zäädlischkeide. Fiehrn ses e paa Woche lang ganz normal Gassi in ihrm Schdadtverdel. Dann mache se folschendes: wiggele se dem Klaane en mords Verband um aans von seine Baa, gehn se Gassi middem un mache e sorschevolles Gesischt.

Sie wern seh, es dauert net lang un erschend e Fraa schbrischt ihrn Hund aa (net sie): Ei was hadder dann, der Klaane, was hadder dann fer Wehwehsche? So, odder so ehnlisch. Jetz sinn sie draa: Ach, der aame Kerl is gebisse worn vonnerem Piddbull wie mer leddst Woch in Bayern warn. Odder: E Katz is iwwern hergefalle. Odder: Er hat schon von

Geburt aa e schwere Adddrose. Egal, ihne werd schon ebbes Iwwerzeuschendes eifalle.

Schonn sinnse im Geschbreesch mit dere Fraa. Un es bleibt net bei der aane. Die Fraue hawwe all e Häzz fers Vieh, un die Simmbaddie fer ihrn Hund iwwertreescht sisch uff sie, garrandiert.

Die Menner wo selwer en Hund hawwe sinn da schonn e bissi resserwierder. Net immer. Awwer meisdens.

Prowwiern ses aus. Mer heert die Schbrisch immer widder: Ei was hads dann, es Hundsche, was hads dann fer e Wehwehsche?

Wie isch neulisch mit meim Hund im Frankforder Grieneburschpack schbazziern gange bin, hab isch en ganz ehnlische Schbruch geheert wo awwer nix middem Dabbes, meim Hund, zu duh gehabt hat. Da hat en Mann en Kinnerwaache vor sisch her geschowe. In dem hat e Beebi geleesche, des hat gekrische, jesses naa, des hat vielleischt gekrische! De Mann, offesischdlisch de Babba von dem Klaane, hat als vor sisch hie gesacht: Ganz ruisch, Anton, ganz ruisch. Anton, ganz, ganz ruisch.

Da is newe dem Kinnerwaache e aal Omma vorbei. Die hat sisch nunner in den Kinnerwaache gebeuscht un gesacht: Ei was hadder dann, der klaane Anton, was hadder dann fer e Wehwehsche?

Da hat der Babba gesacht: Des is net de Anton. Isch bin de Anton.

Awwer des nur newebei.

Veschedarisch

Es Alder hat de aane odder annere Nachdeil. Dadraa will isch gaanet vorbeiredde. Es hat awwer aach Vorrdeile.

Aaner dadevoo fer viele von uns Alde is dass mer Obba odder Omma sinn un uns iwwer Enkelkinner freue kenne.

Mei Fraa un isch hawwe e goldisch Enkeldochder. Kathrin haaßtse. Middlerweil schonn e groß Meedsche wo sisch schonn fer Buwe indressiert. Wies Kathrinsche noch klaaner war isse oft, efder wie jetz, bei uns gewese. Da hammer mit ihr geschbielt un gebasdeld, Liedscher gesunge un ihr Märcher vorgelese. Dadevoo konnt se nie genuch kriehe: Rodkebbsche, de geschdiwwelde Kader, Schneewiddsche, Dornrösje, Rumbelschdilsje un wie se all heiße. Kaum war se bei uns, schonn isses losgange: „Omma (odder Obba), bidde, bidde e Märche vorlese!“ Erschendwann waan mer midde Märche dorsch, obwohl mer mansche zwaa dreimaa erzehlt hawwe un die Brieder Grimm Gesellschaft von Bechstein, Andersen, Hauff eddzeddera gekrieht hawwe. Middlerweil wars Kathrinsche aach e bissi elder worn un isch hab gedacht, isch kennt ihr ja jetz aach die Geschischdscher vom Baron Münschhause erzähle.

Des hab isch gemacht. Was maane sie, was die Klaa en Schbass gehabt hat. Immer neue von dene Lüüchegeschischde wollt se heern. Erschendwann war isch dorsch. „Obba, Obba, bidde noch e Münschhausegeschischt!“

Da hab isch aagefange, eischne Lüüchegeschischde zu erfinne. Isch gebb ihne maa e Beischbiel. Im Fall sie aach Enkelkinner hawwe, kenne se vielleischt von meine Erfahrunge broffidiern.

„Es waa emaa en beriemde Tierazzt, Koko Lores hadder gehaaße, der hat im Lande Allotrien gelebt, wos es ganse Jahr iwwer Sommer is. Reeschne duuts dort nur Moondaachs. Wenns dadebei e Gewidder gibt, dann donnerds erst un hinnerher bliddsds. Waggse duht dort alles wie im Urwald: die Obbsdbeem traache dreimaa im Jahr gleischzeidisch Ebbel, Berne un Kweddsche, zendnerweis. Radiesjer sinn so groß wie die Kürbis bei uns un de Kobbsalat wäggst heher wie bei uns en Schdachelbeerbusch.

Es werd eusch Kinner net wunnern, dass bei so viel gudem Griezeusch de Doggder Koko Lores Veschedarier war. En Veschedarier is aaner wo nur Griezeusch, Kadoffele, Körnerbrei un so Zeusch isst, awwer kaa Flaasch.

Zum Doggder Koko Lores sinn die Allotrier von weit her gekomme mit ihre Kaddse, Hunde, Eischhernscher, Kroggodiele un Ellefande. Dene ihr verschiedene Wehwehscher hadder meisdens im Handumdrehe geheilt middem Wundermiddel, desser selwer aus siwwenunvàzzisch verschiedene Heilkräuder, Rosskassdannje un Hasekneddel zusammegebraut hat. Firlefanzin haaßt des Middel.

Im Laaf von dene neunzisch Jahrn, wo de Doggder Koko Lores schon braggdizziert hat, issem uffgefalle, dass Tiern wo normalerweis annere Tiern uff-fresse, also beischbielsweis Ischel, Bussadde odder Fix, nach mehrmalischer Behandlung mit Firlefanzin uff aamaa kaa Lust mehr uff Schnegge, Mäus un Kanniggel hadde un ihr Ernehrung uff Griezeusch umgeschdelld hawwe.

Da hadder dann desselwe mit annere bisherische Flaaschfresser ausprowwiert, un es is die reine Waa-heit, dass die Umschdellung uff flanzlische Kost auch bei Leewe, Tiescher, Eisbeern un so geklabbt hat.

Des hat sisch nadierlisch in ganz Allotrie rumgesch-broche un in Brimboria, des is die Haubdschdadt von Allotrie, is en Zoo gebaut worn, wo alle vorher mit Firlefanzin behannelte Tiern in erem riesische Freigeheesche friedfäddisch zusamme gelebt hawwe. Kaaner hat dort de annere uffgefresse, weil se allminanner von Griezeusch satt worn sinn.

Es wern aach jetz immer mehr von dene Tiern ausem Zoo in Brimboria ganz freigelasse. Es is wäg-glisch en scheene un riehrende Aablick, wemmer dort uff Felder un Wiese Leewe, Tiescher, Andi-loobe un Kanniggel friedlisch newernanner grase sieht.“

Nach der Geschischt hat die Kathrin gefraacht: „Obba, werst du jetz aach en Veschedarier?“

Unsern Obbagei

Dehaam hammer en Babbagei,
mein liewer Mann, der kreischt fer Drei.
Der fladdert rum un mäscht en Krach,
da werd mer schon friemorschens wach.

Mir hawwe aach en Obbagei,
bei dem is des schon lang vorbei.
All des Gefladder un Krakeele
sinn Sache, die em net mehr fehle.

Un wenner kretscht,
dann kretschter leiser.
Sonst werd er heiser.

Rendner brauche Ruh

Mein Goldfisch kann un will net belle
Un Nachbarn dademit verprelle.
Mei Möwel kanner net verkratze,
er hat halt Flosse un kaa Tatze.

Frieher war isch guder Kunde
Im Zoogeschäft fer Katz un Hunde,
fer Meerschweinscher un Mäus un Radde
un aamal Schildkreede fern Gadde.

Doch seideem isch en Goldfisch hab,
guggisch dem zu un reesch misch ab:
der schwimmt nur als im Kreis erum,
ruisch un friedlisch, schdill un schdumm.

Beddleescherisch

Lerne sie aach immer mehr Krangehäuser von inne kenne?

Mir geht des so. Isch wer in leddsder Zeit als rebbarraduraafellischer. Als Audo hätt isch bloß noch Schroddwert. Was will mer mache, mer ännerds net.

Die Sach hat ja aach ihr Gudes. Mer unnerschdiddst dorsch eim sei Gebreschlischkeit ja enorm wischdische Werdschaftszweische. Wo deht die Fammaindustrie un die Meddizinteschnik hiekomme, wenns unseraans net gewwe deht.

Mer hat ja aach ganz perseenlische Vordeile. Mer is emaa e zeidlang von dehaam weg. Des duht eim seiner Fraa un eim selwer emaa ganz gut. Mer lernt indressande Perseenlischkeide kenne, Brofessorn, Scheffäzzde, Schirrursche, Anness..., also die wo eim eischleefern.

Un Schwesdern! Jesses naa, woher die all komme! Indie, Marroggo, Kroadsje, Paggisdan un woweiswoher. Ganz liewe Fraue, zum Teil. Isch fraach die immer gern nach ihre Mudderschbraach. Mer kann da immer e bissi was lerne, fremdschbraachlisch. Kerzlisch hab isch mer, wie se mer die Gall rausgenomme hawwe, von erer Iranerin folschenden Satz in Farsi (so heißt dene ihr Schbraach, falls sies net wisse) uffschreibe lasse: „Wenn isch sie seh geht mers gleisch besser.“ Sie, dene ihr Schrift is e Kunstwäck, saache se selbst:

اگر او را ببینم حالم خوب میشود!

Wie misch mei Fraa besucht hat, hab isch ihr den Zeddel mit dem scheene Satz gezeischt. Wisse se, was se mer gesacht hat? Isch saachs ihne. Sie hat wordwerdlisch gesacht: „Du mit deine Schwesdern! Was waaßt du, was die Fraa dir da uffgeschriwwe hat, sischer ebbes ganz Abfellisches iwwer disch.“

Was soll mer dadezu saache? Also isch, wenn mei Fraa so Sache säscht, isch saach da am besde gaanix.

Es heert net uff

Grad warn die Viescher fett gemäst,
da rafft se hie die Rinderpest.
Die Rummschdeks mussdemer vergesse
un vorsischdshalwer Griezeusch esse.
Da hilft kaa Lamendiern,
es heert net uff zu bassiern.
Kaum war die Rinderpest vorbei,
kam Voochelgrippe an die Reih.
Dorft mer noch Hähnscher esse? Naa.
Schonn widder war nur Griezeusch draa.
Da hilft kaa Lamendiern,
es heert net uff zu bassiern.

Kalt war de Winter, ihr liewe Leut,
was hammer uns uff Sonn gefreut!
Dann brenntse enunner, mer schwitzt sisch doof:
De Klimawandel! E Kaddasdroof.
Da hilft kaa Lamendiern,
es heert net uff zu bassiern.

Schdreit gibts aach weeschem Loch im Ozon.
Schdreit gibts aach weeschem Mindestlohn.
Un garrandiert gibts als widder Schdreit
weesche erschendebbes aus de Nazizeit.
Da hilft kaa Lamendiern.
Es heert un heert net uff zu bassiern.

Lauder dumm Zeusch (1)

Was jetz kimmt, des misse sie net lese. Am besde duhn sies iwwerhibbele. Es is nehmlisch lauder dumm Zeusch.

Die Sach is so: Manschmaa bin isch e rischdisch Tranfunzel. Isch komm morschens net ausem Bett, isch hab zu nix Lust, isch gähn misch dumm un dormelisch. Fer so Fell hab isch e eisern Reeschel: Bescheffdisch disch mit erschendwas, egal was. Räum dei Schubblade uff, bring e bissi Ordnung in dei Bischergeschdell, schreib emaa uff, wem de maa en Brief schreibe musst, egal, Haubdsach Bescheffdischung.

Wie isch neulisch widder maa in so em Zuschdand war, da hab isch gedacht, ach, jetz schreibsde eifach emaa ebbes iwwer unser Satzzeische. Des is Goggolores, O.K., awwer es verdreibt der vielleischt dei Tranfunzelischkeit. Folschendes is dadebei erausgekomme:

De Punkt.

Manschmaa kimmt mer in mein Sinn:
de Punkt geheert net hinne hin.
Doch.

Am Aafang isser fehl am Blatz.
Er geheert ans End vom Satz.

Bei viele Sätz vom Thomas Mann
maant mer, de Punkt käm gaanet dran.
Doch.
Was isch am Punkt besonners schätz:
er beend aach solsche Sätz.

Des Komma,

Des Komma mit nur aam „m“ drin,
des is net ohne Dobbelsinn.
Des Koma, des saach isch hier alle,
da enei werd manscher falle
wo die Kommareescheln liest.
Dem is die Lust kombledd vermiest,
de Kommadschungel zu dorschdringe.
Nur, mir allaa kann, des gelinge.

Des Fraachezeische?

Beschrengt is es uff solsche Felle,
wo sisch Fraache schrifdlisch schdelle.
Im Mündlische brauch mer kaa Zeische.
Mer hebt die Schdimm. Des duht schonn reische.

„Die Gensefiesjer“

Die Gensefiesjer sinn ganz klaa,
des heert mer ja dem Wort schonn aa.
Wie schee sie Geedes Worde ziern,
wenn mir voll Aadacht sie ziddiern!
(Isch denk dabei vor alle Dinge
an de Götz von Berlichinge).

Des Ausrufezeische!

Feste druff un zugeschdoche!
Des fährt aam mäschdisch in die Knoche.
Halt! Schdehe bleiwe! Kaan Schritt weider!
Des Zeische schdimmt misch gaanet heider.

De Trennungsschdrisch

De Trennungsschdrisch trennt Werderteile,
im Reeschelfall am End von Zeile,
wenn fer des Wort, zum Beischbiel Leischt-
sinnsfehler uns de Blatz net reischt.

Net jeder hat des voll im Griff,
zum Beischbiel bei de Küsdeschiff-
fahrt, um nur die zu nenne.
Am besde duht mer gaanet trenne.

De Gedangeschdrisch -

Gedange gehe uff de Schdrisch?
Mer sollds net glaabe. Widderlisch.

De Schdrischpunkt;

De Schrischpunkt lasse mer ganz weg.
De Punkt erfillt de gleische Zweck.

(Die Klammer)

Die Klammer klammert ebbes ei
(es werd ja net so wischdisch sei).

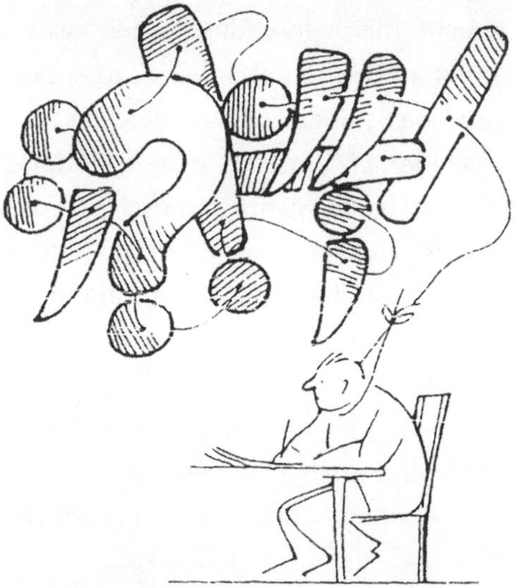

Geede un isch

„Nach einem selbstgesteckten Ziel
Mit holdem Irren hinzuschweifen,
Das, alte Herren, ist eure Pflicht ...“

Wisse sie, wer des gesacht hat? De Geede, im „Vorspiel auf dem Theater“ vom Faust. Also mir aale Herrn hedde die Flischt, nachem selbstgeschdeggde Ziel hiezuschweife, un wenn mer uns dadebei irrn hat des ebbes Simmbadisches, wenn isch de Geede rischdisch verschdanne hab.

Also irrn du isch misch ja alle Nas lang. Des is fer misch kaa Flischt, des kimmt von selwer. Hab isch selbstgeschdeggde Ziele? Also Ziele wern meisdens von meiner Fraa fer misch geschdeggt: „Mir hawwe kaan Bladds mehr im Bischergeschdell. Sordier doch emaa dei ganze aale Schinge aus wo sowieso kaaner mer liest.“ Odder: „Mir hawwe e bees Moddejahr. Nemm doch emaa dei ganze Aaziesch un Pullower aus de Schrenk, gugg se dorsch un schiddel se uffem Balkong aus.“ Uff die Weis kimmt schonn e ganz Porzion Ziele zusamme. Es sinn awwer kaa selbstgeschdeggde.

Fer die muss isch schonn emaa in misch gehe, obwohl mir des eischendlisch zu weit is. Putungua wollt isch mei Lewelang länne. Des is die offissiell Schbraach in Schina. Isch bin eifach net dezu gekomme. Un jetz, mit meim nachlassende Gedeschdnis, isch waaß net.

Waascheinlich hat de Geede ja aach hehere Ziele gemaant, zu dene mir aale Herrn hieschweife sollde. E beriemd Bild male, en große Roman schreiwe, en Sumbf troggeleesche, so was. Obwohl: Simbf sinn ja ögoloogisch werdvoll, die derf mer ja gaanet mehr troggeleesche, sonst haaßds, mer wär fer des Ausschdäbe von Fresch un Krodde verandwordlisch.

Iwwerhaubt: Wemmer heutzudaach Ziele verfolscht un zu dene hieschweift, da muss mer ja als -zisch meeschlische Folsche bedenge. Nemme mer nur emaa aa, die Schinnese mache sisch bei uns forschbaa unbeliebt, weil se Siemens uffkaafe, de Dalai Lama eifange odder uns bei de Fußball-WM besiesche. Da gerad isch leischt in e schebb Lischt. Bin isch dann vielleischt en Simmbaddisand? Womeeschlisch en Schbion?

Isch glaab, isch lass des sei, des Putungua länne.

Un unner uns: de Geede hat gut redde mit seine Ziele un seim Hieschweife. Der hat dehaam sei Ruh gehabt, weil em sei Fraa Christiane alles vor die Nas geräumt hat. Der hat dehaam kaan Finger zu riehrn brauche.

Bei mir dehaam is nie Ruh. Da muss de Keller geräumt wern, die Fensder misse geschdrische wern, de Hund muss Gassi gefiehrt wern, de Gadde muss umgegrawe wern, gebuddst muss wern. Da is nix mit hieschweife, da is mer aagebunne!

Im vorgeriggde Alder

Des Drebbeschdeische fellt asch schwer,
die Baa, die wolle halt net mehr.
Brobbleme mäscht mer aach mein Maache,
der kann nix Feddes mehr verdraache.

Aach Kuche muss isch jetz vergesse,
isch derf kaa Sießischkeide esse.
Kaum wach isch uff, fengds aa zu zwigge.
So gehts halt mit uns aale Krigge.

Hätt isch mei Pille net, so Schdigger acht,
isch hätt misch längst schonn fordgemacht.
(Isch waaß, ins Gras muss jeder beiße,
isch duh misch awwer net drum reiße).

Körberfleeschebrobbleme

Mansche Sache wern im Alder immer kombliddsierder, zum Beischbiel Fußneeschel schneide. Besonners wenn im Laaf von de Jahrn eim sein Bauch net grad dinner worn is. Des trifft fer mein zu. Isch habs uffgegewwe, der werd net mehr dinner. Mei Fraa redd mer zwaa als zu, isch sollt wenischer Worscht un mehr Griezeusch esse, awwer isch bin ja kaa Kanniggel. Rodwei sollt isch aach wenischer tringe. Isch bidd sie, soll isch vielleischt in meim Alder aafange misch zu kasdeie? Schwamm driwwer.

Von was hadde mers? Ach ja, vom Fußneeschelschneide. Des Brobblem is: Wie komm isch draa an die Neeschel? Im Brinsieb sinn mei Baa zu lang un

mei Ähm zu korz. Jetz kammer ja eim sei Ähm net lenger mache, also prowwier isch, mei Baa kerzer zu mache. Isch hogg misch uffen Schemel un versuch, erst emaa des linge Baa mit meine Ähm iwwers reschde Knie hochzuworschdele. Des is weesche meine Knieaddrose mit schdagge Schmäzze verbunne un owwedrei krieh isch dadebei oft en beese Krambf ins Baa. Bei äusersder Aaschdrengung reischts dann manschmaa fers Schneide vom große Zeh un zwaa, drei annere. Awwer de klaane Zeh verwisch isch fast nie. Den hat de Deiwel geseh.

Jetz fraache sie vielleischt: warum bigge se sisch net nunner zum Neeschelschneide? Sie hawwe gut redde. Wenn isch misch hiehogg un nunnerbigge will, da is mer mein Bauch im Weesch. Auserdem werd mer der beim Bigge so asch eigeklemmt un zusammegedriggt, dass mer die Luft wegbleibt.

E zuseddslisch Brobblem beschdeht in de abgeschniddene Neeschel wo uffen Fußboddem falle. Isch kehr die zusamme, muss misch awwer widder bigge, wenn isch se uff die Dreggschibb kriehe will. Des duht aach widder weh. Auserdem verwisch isch se net all. Awwer mei Fraa sieht se. Die hat im Geeschesatz zu mir schaffe Aache, wie en Bussard wo Mäusjer aus hunnert Meder Heh erkenne kann. Was maane sie, was isch da zu heern krieh! Besonners wenn se im Sommer baafuß in de Schdubb rumleeft un dabbt versehendlisch uff e paa von dene schbiddse un gezaggde Schnibbsel von meim reschde große Zeh. Dem sein Naachel is nehmlisch dobbelt so dick wie die annern un hatt wie Schdah.

Isch hab leddst Jahr e Zwischeleesung gefunne. Isch schneid Fußneeschel nur noch im Sommer un Häbbst. Dadezu geh isch in unsern Gadde un setz misch uffe Benksche hinner de Schdachelbeerbisch. Dort sieht misch kaaner bei meine Verrengunge, mei Geaudsch beim Bigge heert aach kaaner, un die Schnibbsel brauch isch net uffzukehrn.

Die wirge sogaa als Nadurdinger. Unser Schdachelbeern sinn diss Jahr digger un saffdischer wie frieher.

Hehe un Tiefe

Gude Radschleesch: Mir eldere Leut gewwe se gern. Mer heert awwer net uff uns. Mir kriere aach andauernd. In de Zeidung, in Bischern, im Fännseh.

Aaner von dene Radschleesch wo isch als Sennjohr schonn gaanet mehr heern kann: net als an die Vergangeheit denge. In de Geeschenwatt lewe. Nach vorne gugge.

So en Bleedsinn. In de Geeschenwatt leb isch ja sowwiso. Noch. Leider ruddscht die ja in jedem Aacheblick nach hinne ab. Vorne bleibt immer wenischer iwwrisch. Isch hab achzisch Jahr uffem Buggel. Warum soll ausgereschent isch unbedingt nach vorne gugge? Da vorne is Endschdaddsion. Bidde ausschdeische.

Isch waaß ja net wies ihne geht. Isch jedenfalls, isch denk misch gänn als emaa zurigg in die Hehe un Tiefe von meim Lewe. Ählisch is mer da ja net immer mit eim selwer. Die Tiefe, haha, dadevoo gibts waaß Gott en Haufe. Die dengt mer sisch meisdens wenischer tief, wenischer beesaadisch wie se wägglisch waan. Un die Hehe e bissi heller, sonnischer, heher wie se in Wägglischkeit waan. Un des is gut so, wie en bekannde Bollidigger bei jeder bassende un unbassende Geleeschenheit gesacht hat.

Es is ja aach sischer väzzeilisch, wemmer gänn an Ereischnisse zuriggdengt wo mer emaa e gut Figgur im Lewe abgegewwe hat. Da kammer sisch jetz noch emaa uff die Schuldern klobbe.

Isch hätt da so e Geschischt aus meim Lewe. Die lischt in erer owwere Schubblad von meim Hernkasde. Isch verzehl se ihne.

Wie isch Anno finfunväzzisch in franzeesischer Krieschsgefangeschaft war, da hat isch mer nach erer lange Elendszeit endlisch e Pöstsche als Laacherdollmeddscher ergaddert. Dadorsch bin isch auserer große Hall, wo hunnerde von Midgefangene uff Schdroh geleesche hawwe, in e rischdisch Schdubb gekomme. Dort hawwe sisch Gefangene in ihre Freizeit uffgehalde wo fer ihr Midgefangene un Franzose geawweit hawwe: Handwägger, Kischebulle, de Laacherfrisör un isch, de Dollmeddscher.

In unserer Schdubb hawwe dreischdöggische Beddgeschdell geschdanne. Mein Bladds war im dridde Schdock. Mir geescheniwwer uff de annern Seit vom Middelgang, hat de Frisör geleesche, Erwin hadder gehaaße. Aus Schduddgadd.

Eines Aawends lisch isch uff meim Schdrohsack un mach mer so mei Gedange iwwer mein Nachbaa Erwin. Uff aama dreht der sisch um, guggt misch aa un sächt: „Ja, was is?“ Odder so was ehnlisches. Mir

komme ins Geschbreesch. De Erwin hat geschbiert, dass isch an en gedacht hab. Isch prowwier des bei annerer Geleeschenheit noch emaa aus: es fungsjonniert!

Dadraus muss ebbes gemacht wern. Es zeischt sisch, dass isch dem Erwin ohne Worde Bodschafde vermiddle kann. Mir drainiern des. Bald mägge mer, dass die reine Tellebaddie, ohne Kerberkondaggt, net ausreischt um de Erwin zu kongrede Handlunge zu beweesche. Annererseits klabbt des, wenn isch en bei meine „Befehle“ ganz behuudsam am Handgelenk aafass, so als deht isch em de Puls fiehle.

Mir zwaa denge uns e Brogramm aus un trede bei em Bunde Aawend im Laacher uff.

Unsern mords Erfolsch schbrischt sisch bis zu de franzeesische Laachergewaldische rum. Mir wern ins Offisierskasino eigelade. Hehepunkt is e Veranschdaldung, bei der aach de franzeesische Laacherkommandant, en digge Major, aawesend is.

Mir hawwe uns e Exdranummer ausgedacht. De Erwin geht naus. En Franzos hat e Buch midgebracht. Isch soll dem Erwin eiredde, er soll die Seit sounso uffschlaache un die sibbt Zeil von owwe vorlese.

De Erwin werd neigerufe. Mir beide endschbanne un konnsenndriern uns, schee theaddraalisch. Isch fass des Handgelenk vom Erwin unner de uffmergsamme Iwwerwachung dorsch zwaa Franzose.

Dann redd isch dem Erwin zu, schdumm: Geh zu dem Disch, geh zu dem Disch wo des Buch lischt. Du gehst jetz zu dem Disch wo des Buch lischt. Des Buch! Gut. Nemm des Buch, nemm des Buch. Machs uff. Ja. Bledder um, langsam, bledder um, langsam, bledder weider, langsam, l-a-n-g-s-a-m! Halt! Les die Zeil, laut. Les die Zeil laut! De Erwin liest die Zeil von dem franzeesische Text mit seiner deutsche Ausschbraach.

Die Franzose sinn baff, haache sisch uff die Schengel, mords Abblaus.

Jetz wern mer alle zwaa nausgeschiggt. Dann wer isch widder neigerufe. Die Offisiern hawwe e Schissel mit Subb neibringe lasse. Innerer Schubblad is en Leffel debbonniert. Mein Uffdraach: Isch soll de Erwin dadezubringe, dasser de Leffel aus de Schubblad rausnimmt, dademit zur Schissel geht, de Leffel mit Subb fillt un dem digge Major zu esse gibt!

De Erwin gehorscht, bis zu dem Aacheblick wo er mit dem volle Subbeleffel vor dem Laacherkommandant schdeht. Isch befehl: Gebbem die Subb zu esse! De Erwin traut sisch net. Isch: Gebbem die Subb, g-e-b-b e-m d-i-e S-u-b-b!

Es hebt sisch de Leffel, es öffent sisch de Mund, es schluggt de digge Franzos die Subb enunner.

Gedrambel von unserm Pubbliggum, schdending Owweeschens.

Ach, was hat mer des so gut dedah, damals hinner Schdacheldraht! Da klobb isch mer gänn heut noch emaa uff die Schuldern.

Einerseids

Mei Kreuz duht weh, mir is beklomme,
des Ende naht, isch fiehl es komme.
Die gude Zeide sinn gewese!
Von Mord un Doodschlaach muss mer lese,
von Luuch un Truuch un Addendade,
goldne Hendscheeks, Mafiapade,
Kerscheausdritt, Klimawandel,
Ehebrisch un Droochehandel.

Mei Knie duhn weh, mir is beklomme,
des Ende naht, isch fiehl es komme.
Es Eel versiescht, die Audos schdeh,
mer muss zu Fuß in Urlaub geh.
Die Schdeuerlast erdriggt uns all,
mir schderze in die Schuldefall.
Mein Eidruck duht sisch als verschderke:
Mir Deutsche sinn bald nur noch Terke.

Mei Knick duht weh, mir is beklomme,
des Ende naht, ich fiehl es komme.
Die Menschheit wäggst, Milljaddemasse,
die Ääd kann se bald net mehr fasse.
Im Ozzoon gibt's noch un nöscher
Ich waaß net wieviel neue Löscher.
Des Poleis schmilzt! Die Peeschel schdeische!
Mir saufe ab. Der Rest is Schweische.

Annererseids

Isch fiehl misch wohl, isch bin beschwingt,
weil diss Jahr lauder Gudes bringt:
Fännseh uff zisch Neukaneele,
Klasse Filme, kaum zu zeele,
Reise zur Fenus un zum Mond,
wo mer in Weldraumhoddels wohnt.
Pille gibt's, des heert mer gern.
Mit dene kann mer hunnert wern.

Isch bin gut druff, isch bin beschwingt,
weil diss Jahr lauder Gudes bringt:
Abgeschafft sinn alle Kriesche,
Niederlaache aach, un Siesche.
Die Welt in einem Schdaat väeint,
wo Daach un Nacht die Sonn schee scheint.
Verschroddet worn sinn die Raggete,
zu aam Gott allaans duhn alle bete.

Isch bin fidel, isch bin beschwingt,
weil diss Jahr lauder Gudes bringt:
Die allerschennsde Illusjohne,
Einschdeins kann mer vielfach klone.
Isch selwer hab kaa Sorsche mehr,
isch hol mer e brav Hausdier her:
en Pegasus! Den wer isch zäume,
Nacht fer Nacht in meine Dräume.

Im Mehrbeddzimmer

Dass mer im Krangehaus indressande un erinerungswirdische Begeeschnunge hawwe kann bezieschlisch Äzzde un Fleeschebersonal, dadriwwer hab isch misch, glaab isch, schonn geäusert.

Was dadebei net ausem Bliggfeld gerade sollt, des sinn die Begeeschnunge mit Leidensgenosse wo uffem selwe Zimmer mit aam selwer liehe. Perseenlisch hätt isch aach nix geesche Leidensgenossinne, awwer im Krangehaus sinn die Geschleschder ja säuwerlisch gedrennt.

Aagenomme, sie liehe innem Aanzelzimmer, da hawwe sie nadierlisch einische Vordeile wie mehr Ruh, e bissi mehr Kommfort, un sie wern vielleischt von de Schwesdern e bissi mehr betuddelt, awwer die Meeschlischkeit, indressande Leidensgenosse kennezulerne, die endgeht ihne.

Sie wisse ja, wies is. Da lieht mer in seim Bett un leggt sei Wunde, sozusaache. Der newe aam, dem gehds ehnlisch wie eim selwer. Mer kimmt ins Geschbreesch, wenn de annere net grad en Terk is wo kaa Deutsch verschdeht.

Un wemmer Glick hat, is mer uffen Nachbaa geschdoße, mit dem mer sisch brima unnerhalde kann.

Wie se mer die Gall rausgenomme hawwe, da hat newe mir en Koch vonnem Frankforder Nowelhoddell geleesche. Was der fer Geschischde uff Laacher gehabt hat, mer glaabst net. Die hadde maa en Arrawerkeenisch zu Gast. Der war häzzkrank un hat sisch von hiesische Schbeddsjallisde behannele lasse. In dem Nowelhoddel hadder auser mehrere Swidde noch zwansisch Zimmer gemiet, fer sei Gefolsche, sei Haubt- un Newefraue un owwedrei noch e paa bammhäzzische Schwesdern ausem Frankforder Rodlischdmilljöh, naddierlisch aus de ersde Liga, so im Schdil von de Rosemarie Nitribitt. Der mit seim krange Häzz! Kaa Wunner. De Koch, mein Beddnachbaa, musst in de Hoddellkisch en mords Drehschbieß uffschdelle, an dem alsemaa en ganse Hammel fer de Keenisch un sei Weiwer gebrade worn is.

Un so was von großzieschisch wär de Keenisch gewese, hat mer de Koch verzehlt. Wie der widder haam is, hadder dem ganse Bersonal, vom Koch bis zum Zimmermeedsche, e groß golden Uhr iwwerreische lasse.

Sehnse, so Geschischde midde ausem Lewe kenne aam zu Ohrn komme, wemmer im Krangehaus innerem Mehrbeddzimmer lischt.

Erinnerung an de Obba

Isch muss alsemaa an die hällische Schbrisch denke wo mein väschdorbener Obba, vädderlischerseids, druff gehabt hat. „Ieb immer Treu un Redlischkeit, un wann de was verwische kannst, dann schaff ders uff die Seit.“

So Sache hat der zu mir klaanem Bub gesacht. Iwwrischens in vellisch reinem Frankforderisch. Isch glaab, de Obba Emil hat mir die Lieb zu unserm heimische Dialeggt ins Häzz geflanst. Dehaam, bei Babba un Mamma, is annersder geredd worn. Hochdeutsch.

Manschmaa hadder misch forschbaa geäschert. Wenn isch en gefraacht hab: „Wo gehsden hin, Obba?“, da hadder beischbielsweis gesacht: „Zu de neununneunzisch, damids hunnert wern.“ Odder: „Was mäschsden da Obba?“ „En Schdobbe uffen Endeberzel.“ Isch iwwersetz des vorsischdshalwer fer Eigeblaggde maa ins Hochdeutsche: einen Stopfen auf einen Entenbürzel.

An mein Obba musst isch -zisch Jahrn schbeder bei folschender Geleeschenheit denke: Isch war als Dollmeddscher mit Inschennjöhrn von erer Frankforder Firma un e paar Inderessende aus Frank-

reisch in die Neh von Schduddgadd gefahn. Da hat e Zementaalaach von der Frankforder Firma geschdanne, fer die sisch die Franzose inderessiert hawwe.

Nach Besischdischung un teschnische Dissgussjone hat uns de Wäggsleider in sei Birro gefiehrt un uns e Sammlung von Verschdeinerunge gezeischt wo in seim Schdeibruch gefunne worn sinn. Sie, so scheene Seelielje hat isch in meim ganze Lewe noch net geseh. Isch hatt grad ei in de Hand, ganz fei ausem Ölschiefer rausgeawweit, so groß wie, saache mer maa, e Baggeddbrot, un hab zu dem Wäggsleider gesacht: „Ach, ist die schön!" „Ich schenk' sie ihnen", hat der gesacht. Un isch, heeflisch wie mer erzooche worn is, saach: „Das kann ich doch nicht annehmen ...". Daruff er: „Na ja, dann halt nicht", un hat die Seelielje widder in die Schubblad geleescht. Da musst isch an mein Obba denke. Der hat zu mir klaanem Bub emaa gesacht: „Bub, mägg ders, wemmer dir ebbes gibt, nemms. Un wenn mer dir ebbes nimmt, haach druff."

Lang her

Leut wo gut kaddolisch sinn
ziehts als emaa zum Beischdschduhl hin.
Sinn Gott un Parrer ihne gnedisch,
dann wern se ihrer Sinde ledisch.

Im Hinnertaunus, ganz weit hinne,
mit Beischdgedange in ihrm Sinne,
is die aal Babbett uff de Bersch
gehumbelt in ihr Kersch.

Vor ihr warn Sinder, zwaa bis drei,
dann war se selwer an de Reih.
De Parrer hat ihr zugeheert.
Ihm hat se folschendes erkleert:

„Isch bin, in sindischem Verlange,
vier- odder finfmaa fremdgegange."
De Parrer frääscht se, wann des war.
„Vor väzzisch, finfunväzzisch Jahr."

„Das ist lang her, ein halbes Leben.
Der Herr hat dir gewiss vergeben."
„Ja schonn, Herr Parrer, s'is halt so,
isch redd gern als emaa devoo."

Schenkeritis

Des Wort kenne sie net? Des kenne sie aach net kenne. Es hannelt sich dadebei um e Wordscheb-fung von mir un bezeischend e Krankheit wo erschendwann lang vor Weihnachde ausbrischt un eim sei normales Familjelewe lahmleescht.

Damit aans von vornerei klar is, isch selwer bin immun geesche den Erreescher von dere Seusch. Die Sach is neemlisch die: isch bin in zimmlisch äämlische Verheldnisse uffgewachse weil, mein Vadder war fast sechs Jahr lang awweidslos. Des-weesche hats bei uns dehaam zu Weihnachde immer nur e paar Klaanischkeide gegewwe, meis-dens Sache wo sowwiso dringend gebraucht worn sinn. Wollene Schdrimp, Unnerhose, waame Pullo-wer, Bischer fer die Schul un so Zeusch. Gut, als emaa aach ebbes Unneedisches wie e Mundham-monika odder e Paar Schliddschuh, des schonn.

Mei Eldern mussde halt jeden Fennisch zwaamaa umdrehe, un isch glaab, die Schbaasamkeit von damals is mer erschendwie in Flaasch un Blut iwwergegange, aach beim Schenke in de Weih-nachdszeit.

Beeswillische wern villeischt saache, dass isch eifach en aale Geizkraache bin. Kann ja sei. Isch

deht ja maa in misch gehe, wenn mer des net zu weit wär.

Annersder lischt der Fall bei meiner Fraa, ganz annersder. Die is zwaa aach net in erem Schloss uffgewachse, awwer die wird jed Jahr von de Schenkeritis befalle, so sischer wies Aamen in de Kersch. Dadegeesche gibts kaa Imbfung un kaa Pille.

Jesses naa, wem die alles Geschenge kääft odder Geld schengt! Net nur semmdlische Kinner, Enkel , nahe Verwande un Bekannde, naa, aach semmdlische sowas von endfännde Verwande un eischendlisch wildfremde Leut am annern End von de Welt, was waaß isch in Kannada odder Ausdraalje!

Zuseddslisch dadezu wern beschengt: Briefdreescher, Baggeedzuschdeller, Millmenner, Reinischungsbersonal, Frisörn, Hundedrimmerinne, Nachbaan, Nachbaaskinner, Unicef, Rod Kreuz, Tierschutzväein un goddwaaßwas noch fer annere Väeinischunge.

Un der Uffwand dadefer! Isch maan dademit net nur de schneede Mammon, naa, aach die Zeit wo dadebei druffgeht. Von morschens bis aawends wern Adresseväzeischnisse dorschgegange, Bresende uffgelisded, im Indernett rumgesucht, Tellefonnummern gewehlt.

Isch saach ihne, mei Geduld als Ehepaddner werd da uffe hadd Prob geschdelld.

Was soll isch mache? Isch pedds halt die Aache zu, lass des alles iwwer misch ergeh un saach mer: nach Weihnachde flaue so Ebbidemie ja widder ab, jedenfalls bis Osdern. Awwer aans saach isch ihne: bei meiner Fraa beschdeh isch druff, dasse mir zu Weihnachde gaanix schengt, allerheechsdens e Klaanischkeit.

Wissese, wasse mir diss Jahr geschengt hat? E Schneck. Kaa lewendisch Schneck, naa, e Schneck aus Borzellan, wissese so e Schneck vorne mit zwaa Schdielaache un owwedruff e Häusje. Sie maant, also mei Fraa maant, wenn die Schneck uff meim Schreibdisch schdehe deht, dann deht des villeischt e beruischende Wirgung uff misch ausiebe. „Endschleunischung“ deht mer des neuerdings nenne. Un die hedd isch asch needisch, wo isch doch von morschens bis aawends am Schreibdisch hogge deht un lauder dumm Zeusch uffschreib.

Also: die Endschleunischungsschneck schdeht jetz vor mir uffem Schreibdisch, guggt misch als mit ihre zwaa Schdielaache aa un versucht misch zu hibbnoddisiern: heer uff mit deim Geschribbsel, heer uff mit deim Geschribbsel …

Isch schreib awwer trotzdem weider. Lauder dumm Zeusch. Von morschens bis aawends. Jetz grad.

Aahenglischkeit

Hawwe sie aach en Hund dehaam? Mir hawwe aan. En Eerdeelterrier. Hunde wern aale Leut ja asch ans Häzz geleescht von Leut wos wisse misse. Wie haaße die gleisch? Kerrondolooche, glaab isch. Manschmaa klabbt ja mei Gedeschdnis doch noch.

Die Hunde solle uns aale Leut helfe, unser Väeinsamung besser zu ertraache, haaßds. Also väeinsamt sinn mir gaanet, mei Fraa un isch. Unser Dochder kimmt oft vorbei. No ja, oft ist vielleischt e klaa bissi iwwerdribbe. Awwer die hat ja aach asch viel um die Ohrn, mer waaß ja wies is. Dann hawwe mir alle Nas lang Besuch von endfännde Verwande wo in Frankfort uff erschendaa von de viele Messe gehe wolle. Der Hinnergrund von so Besuche is meeschlischerweis dass die Hoddellzimmer in Frankfort bei Messezeide asch deuer sinn un mir e Besucherzimmer hawwe.

Es kennt nadierlisch aach sei, dass so Besuche zusammehenge mit der Aahenglischkeit wo die endfännde Verwande fer uns in ihre Häzze draache.

Unsern Hund is jedenfalls auserordendlisch aahenglisch. Besonners hengder an meiner Fraa. Vielleischt schdeggt dadehinner aach e bissi was von dem Fennomehn wo unser endfännde Verwande bei Messezeide zu uns zieht. Es is ja so: Wer fiddert de Hund? Wer kraulden fuffzisch maa am Daach? Wer geht middem Gassi an all dene Schdelle vorbei wos fer Hundenase Pafföng vom besde gibt? Wer redd middem von morjens frie bis aawends schbed wie bei erer Taakschou im Fännseh? Meisdens mei Fraa. Des erklert mansches. Die Hunde sinn net dumm. Mei Fraa behaubt sogaa, de Dabbes (so haaßt unsern Hund) deht braggdisch alles verschdeh, was sie säscht. Isch glaab des net. Isch verschdeh aach net alles, was mei Fraa säscht, un des net weil isch schwerheerisch wär, obwohl mer des mei Fraa als vorwerft: isch wär schwerheerisch, isch misst unbedingt maa zu em Ohrnazzt.

Dadebei heer isch deudlisch. Iwwerdeudlisch. Mei Brobblem is ganz annersder. Isch waaß nehmlisch meisdens net, wenn mei Fraa aus einischer Endfänung ebbes rieft oder säscht, ob isch odder de Hund gemaant is: „Was hasden da schon widder aagericht? Mach net als so en Krach! Willsde dann de ganze Daach uffem Sofa liehe? Jetz is der Kerl schonn widder am Saufe!"

So kanns gehe, wemmer uff der Hund gekomme is.

Enaus un enin

Hab isch net Wehwehscher genuch?
Un jetz aach noch en Narbebruch!
Middedrin im Schbegggewabbel
in de Geeschend von meim Nabbel
duht von meim reische Innelewe
einisches nach auße schdrewe.

Mei zwaa Hend, die drigg isch druff
un mach misch zum Schirrursche uff.
Der redd ebbes von adipös,
von AZ, EZ un porös
un von Hernia ventralis.
Is des Ladein? Ob des fadal is?

Mer schneid misch uff, schdobbt se enei,
die nausgegwollne Innerei,
dadriwwer kimmt e Netz, wenns geht,
un dann werd widder zugeneht.
Uff Dokterdeutsch haaßt die Schlamastik
NETZVERSTÄRKTE HERNIOPLASTIK.

Jetz hawwe die Bosse e Loch!

Zisch maa hab isch mer schonn vorgenomme, isch will misch in meim Alder nemmehr uffreesche.

Awwer manschmaa bassiern Sache, Sache bassiern manschmaa, da kann isch net annersder. Isch reesch misch uff. Isch reesch misch uff.

Da wollde die Birrograde in Brissel doch taadsesch-lisch verbiede, dass unsern Ebbelwei Ebbelwei haaßt! Is des zu fasse! Des Wort „Wei“ deht nur fer Gedrenge aus Trauwe erlaubt sei!

Also isch waaß net, was dene Krimmelkagger aus Brissel noch all eifellt. Die leesche fest, wie lang e Gork sei derf un wie krumm e Banaan. Die sinn im Schdand un schreiwe mir vor, wieviel Schobbe von dem was mer net mehr Ebbelwei nenne derft isch pro Daach peddse derf? Naa da heerds uff, da hawwe die Bosse e Loch.

Isch wehl e Baddei wo fer e unabhengisches Hesse eidritt. Isch habb ja bei manschem Scheiß von Brissel die Aache zugedriggt. Awwer beim Ebbelwei heerds uff. Endgildisch.

Scrabble

Hab isch ihne schon gesacht, dass isch als emaa asch tranfunzelisch bin? Isch leid dann an Gähneritis un hab zu nix Lust. Awwer isch gebb mer reeschelmeesisch en Ruck in so Fell un greif uff bewährde Beschefdischungsschdraddeschie zurick. Beischbielsweis Scrabble schbiele.

Jetz isses leider so, dass mei Fraa Scrabble net schbiele will. Warum, des waaß de liewe Häggott. Nix zu mache. Villeischt dengt se, isch deht se als besiesche, un Niederlaache schdeggt se gaanet gern ei im ehelische Middenanner un Geeschenanner. Annererseits, villeischt isses aach anners. Villeischt fiehlt se sisch mir haushoch iwwerleesche un will mer aus Riggsischt uff mei zaades Naddurell Frusdrazzjone erschbaan. Isch waaß es net, isch wills aach net wisse. Mer muss ja net alles von eim seim ehelisch aagedraude Paddner wisse, kaaner zwingt aan dadezu.

Von was haddemers? Achso, vom Scrabble schbiele. Sie werns net glaabe, awwer isch schbiel geesche misch selwer. Des linke Breddsche mit 8 Schdaa bin isch, beziehungsweis der aane Deil von mir, un des reschde Breddsche, aach mit 8 Schdaa, des bin aach isch, odder besser, mei Geesche-Isch. Dann gehts los, hie un her, aamaa hab isch die

Owwerhand, aamaa mei Geesche-Isch. Des is escht schbannend, un egal wies ausgeht: aaner von uns zwaa is immer Siescher, de Driumpf bleibt also in de Famillje.
Es gibt nadierlisch aach Ausenannerseddsunge, beischbielsweis wenn aaner von uns unmeeschlische Werder leescht. Gesdern hat mei Geesche-Isch des Wort „Waldhuhn“ geleescht. Dadegeesche hab isch broddesdiert. Waldhiehner gibts net, hab isch gesacht. Jetz heer awwer uff, hat mei Geesche-Isch gesacht. Warum solls kaa Hiehner im Wald gewwe? Es gibt Wasserhiehner, also gibts aach Waldhiehner. So is des hie un her gegange. Isch bin mer vorgekomme wie die zwaa aus de Lidderadur, de Dokter Jekyll un de Mister Hyde. Odder de Faust: Zwaa Seele wohne, ach, in meiner Brust.. Des war doch de Faust, odder?

Prowwiern ses doch emaa selwer aus. Schbiele se maa Scrabble geesche sisch selwer.

Dabeedewechsel

Wie gern deht isch misch manschmaa tummele
Uff Blummewiese mit de Hummele,
odder mit de Schwälbscher schwebe,
hoch misch in die Wolge hebe,
odder mit de Barrakudas
schwimme bis zu de Bermudas,
odder in Oozjahnstiefe dringe,
wo die Walfisch Lieder singe,
schdatt aal un lahm am Schreibdisch sitze
un iwwer meine Versjer schwitze.

Aldherrnlammendo

Vorruheschdand mit net ganz seschzisch?
No ja, denkt mer, wer waaß? Des mäscht sisch.
Jetz kammer dschogge, reise, lese,
so schee isses noch nie gewese!

Peifedeggel. Dein Scheff is ab sofort dei Fraa,
was de zu mache hast gibt sie jetz aa.
Als Awweidsdier duht mer disch nuddse,
du musst als wesche, koche, buddse.

Ach, frieher war mer Herr im Haus,
doch dademit isses jetz aus.
Mir Menner krien als nur geschennt.
Die Weiwer fiehrn des Reschimment.

Net so heggdisch!

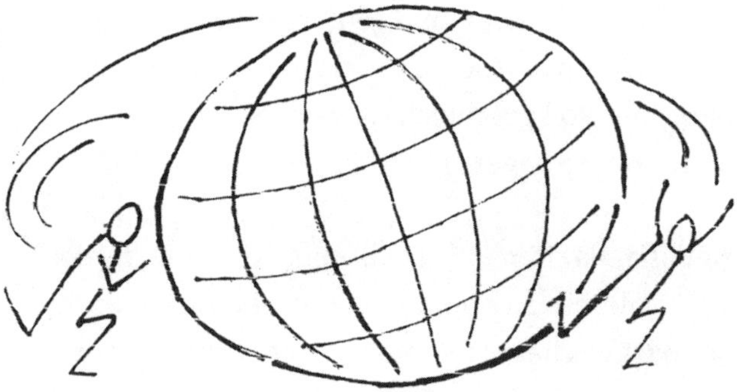

Jetz simmer halt globballisiert
un mägge wohie uns des fiehrt.
De Kongurrendskambf geeschewäddisch
mäscht viele von eusch zimmllisch fäddisch.
Ihr seid net mehr ganz unner Schdrom,
es droht eusch des Börnaudsinndrom.
Wenn ihr dann maant, dass alles Scheiß is,
dann habt er se, die Middleifkreisis.

Reescht eusch net uff. Die geht vorbei.
Ihr kommt schon widder in die Reih.
Lasst ruisch emaa die annern jaache,
un denkt an euer alde Taache.
Fer die brauch mer e paar Reserve.
Denkt draa, un schont e bissi euer Nerve.
Mer werd vielleischt Haaz 4-Emfänger,
doch dadefer lebt mer aach lenger.

Wächst Gras driwwer?

Isch waaß net, wies ihne geht, misch jedenfalls ziehts als emaa zu Orte zurick, wo in meim Lewe e besonner Roll geschbielt hawwe, egal ob aagenehm odder net so aagenehm.

Neulisch hat isch in Sprendlingen, em Frankforder Vorort, ebbes zu erledische. Da habb isch gedacht: Kenndst eischendlisch maa zu dere Schdell nausfahn, wo de im Mäzz neunzehhunnertfinfunväzzisch in Gefangeschaft gerade bist. Kaa Angst, isch will ihne jetz kaa Schauergeschischde vom Kriesch verzehle, nur grad soviel, dasse verschdehe, was misch annerdhalb Jahr schbeder, nach de Endlassung aus franzeesischer Gefangeschaft, widder dahie gezooche hat.

Am sechsunzwanzischsde Mäzz 45 hadde mir Soldade vom Frankforder Infandriereschiment 81 e Verteidischungsschdellung annem Waldrand zwische Isebursch un Schbrendlinge bezooche. Isch hat grad zusamme middem Kammerad die Verfleeschung fer mei Grupp beim Kompaniegefeschdsschdand ganz hinne im Wald abgeholt: Frontkembferpäggscher, Hardworscht, Schokakola, Kekse, Siggaredde un zwaa Flasche Konnjack, ungewehnlisch gude Sache fer damaalische Verheldnisse.

Uffem Riggweesch zu unserer Schdellung lings un reschds von em schwere Flakgeschitz isses bassiert. Die Amis sinn middem Haufe Panserwaache aus Schbrendlinge raus iwwer des freie Feld uff unser Waldschdick zugefahn. Da war die Hell los. Mir zwaa hawwe die Zeltbahn mit dere Verfleeschung in e Deggungsloch geschmisse un, ich waaß net warum, mit Zweische zugedeggt. Was dann bassiert is, will isch hier liewer net ausbreide. Kriesch is Kriesch, mer muss da net unbedingt noch emaa drin erumschdochern.

Isch machs also korz. Isch bin gefange worn un war annerdhalb Jahrn lang hinner Schdacheldraht, ausgenomme aa Woch. Da war isch ausgeriggt, bin awwer korz vor de deutsche Grenz widder geschnabbt worn. Des is e Geschicht fer sisch.

Was hawwe sisch Mamma, Babba un mei Schwesder gefreut, wie isch nach so ere lange Zeit heil widder dehaam war. Sie, des kammer mit Worde kaum ausdrigge. Was mer sisch heut aach schwer vorschdelle kann, is des Elend damals, die Trimmer, die Verängsdischung, de Hunger.

Ja, de Hunger. De Hunger hat in meim Hernkasde aageklobbt un gesacht: du hast doch vor annerdhalb Jahrn en Haufe gude Fressalje in so e Deggungsloch im Iseborscher Wald geschmisse. Geh doch emaa gugge, ob da noch ebbes zu hole ist.

Also: Die Mamma un isch sinn middem Fahrrad los nach Iseborsch un hawwe des Waldschdick gesucht, wo de Kriesch fer misch aus gewese is. Goddseidank. Am Waldrand, in Rischdung Schbrendlinge, hab isch prowwiert, unser letzt Schdellung gedanglisch zu reggonschdruiern. Da warn die Delle, wo die Flakkanone geschdanne hawwe, middlerweil mit Gras driwwer. Von da simmer riggwädds in de Wald enei, un isch hab taadseschlisch des aale Deggungsloch gefunne, fast ganz zugeschidd.

Dann hawwe die Mamma un isch aagefange zu wiehle. Nunner in des Loch, tiefer enunner. Nix. Kaa Zeltbaa, kaa Kekse, kaa Schoggelad, kaan Konnjack. Odder doch ebbes?

Isch schdoß uff was Medallisches un fischs raus. Mei Gasmask!

Was isch vergesse hat, jetz is mers widder eigefalle. Wenns damals brenzlisch worn is, hawwe mir manschmaa unser Gasmask weggeschmisse, damit mer uns besser beweesche konnde.

Da hammer geschdanne, mei Mudder un isch. Gligglose Schaddssucher. Isch mach die Biggs uff. Die Mask is fort. Isch guck in de Deggel. Da warn im Kriesch Klarsischtfoolje drin zum Abdegge von de Masgegleeser bei Gasaagriff. Die hammer damals meisdens weggeschmisse un hawwe des Deggelkesdsche als Eddwie fer unser Sigaredde benitzt.

Isch mach den Innedeggel uff. Da drin liehe säuwerlisch newenanner finf Sigarette von der damaalische Mark ECKSTEIN.

Es hat net lang gedauert un unsern aanzische Fund bei dere Schatzsuch war in Raach uffgegange. Wie so viel, ach so viel, in de väzzischer Jahrn! Net nur in Frankfort.

Wie isch neulisch zum dridde Maa an dere Schdell zwische Iseborsch un Schbrendlinge war, da war net Gras iwwer alles gewachse. Eikaafszendre, Subbermäggt, Kaafhäuser warn driwwergewachse.

Lebenslaaf, korzgefasst

Neun Monat, die sinn schnell vorbei,
schonn heert mer eim sein ersde Schrei.
Windelnesse un Gesabbele,
des geht rum. Schonn lernt mer krabbele.
Die Mamma bringt eim Werder bei,
eh mer sisch umguggt is mer drei.
Des ersde Zahweh duht aan zwigge,
die ersde Schulbank muss mer drigge.
Bis zum Abi lernt mer, lernt mer,
fer e paar Meedscher schwermt mer, schwermt mer.
Dann is die große Liewe da,
es werd geheiradet, hurra!
E Beebi kimmt bald dadenach.
Mer is gligglisch, gaakaa Fraach.
Dann noch e Kind, in Goddes Name.
Inzwische mäscht mer sei Exame
un zieht en gude Dschobb an Land,
werd erschendwann zum Scheff ernannt,
mer schafft un schafft, kimmt in die Jahn
un krieht die ersde graue Haan.
Allmehlisch riggt mer an de Rand.
Was dann kimmt is de Ruheschdand.
Mer brauch sisch net mehr zu beeile.
Mer kann de Enkel Rat erteile.
Die denke: Obba, redd kaan Schduss!
So gehts im Lewe. Hier is Schluss.

Vom Basdele un Bossele

Isch habs ja schon e paamaa gesacht, un isch saachs nochemaa: Beteedischung, Beschefdischung is aa von de wischdischsde Sache fer uns eldere Leut. Was misch selwer aageht, da is des Basdele un Bossele fer misch ideal. Basdele du isch seit zisch Jahrn, awwer nur mit Nadurfunde: Blimmscher, Gräser, Moos, Muschele, Schneggehäuser, Schdaa, Baumpilze.

Aus dene Funde mach isch allerhand Bildscher un Figurn. Wenn se wolle, zeisch isch ihne e paar. Vielleischt krieje se selwer Lust dadezu. Sie glaabe ja net wieviel Schbass mer dadebei hat: Schdreifziesch in Goddes freier Nadur, des Uffschdeebern von all dene nadierlische Rohschdoffe, aus dene die Kunstwägge endschdehe solle, und dann die begliggende Schdunde, wenn die Fundsache in eim seiner Fandasie un unner eim seine Händ Geschdalt aanemme!

Mei Basdelawweide sinn im Laaf von viele Jahrn besser un besser worn, un isch hab se sogaa verkaafe kenne. Uff die Aad un Weis hab isch mer mei Schobbegeld verdient, also des Geld, was mer fers Schobbepetze brauch. Manschmaa sinn mer allerdings klaane Missgeschigge bassiert, beischbielsweis bei em bekannde Juwelier in Frankfort. Bei dem hadd isch in seim große Schaufensder iwwer all dene sindhaft deure Juwele von de Deck aus an Nylonfäde lauder aus Muschele gebasdelde Fisch uffgehengt. Des hat dann wie e groß Aquarium ausgesehe.

Die Muschele hadd isch all mit UHU zusammegebabbt. Mei Deggorrazzjon war annem Nachmiddaach fäddisch worn. Am Morsche denaach hats misch net ruhe lasse, un isch bin schon in aller Häggodsfrieh in die noble Schdraaß mit dem noble Lade, wo isch misch an meim Meisderwäck so rischdisch satt sehe wollt.

Was isch da in dene Fensder gesehe hab, des hat misch fast umgehaache. Mei Fisch hadde sisch uffgeleest! Die Muschele hawwe an alle Seite an kerzere odder lengere Klebschdofffäddem nunnergehange.

Was war bassiert? Die schdagge Lambe in dene Widdrine, die hadde den getroggnede UHU widder verflissischt!

Goddseidank hat misch der Juwelier net fordgejaacht un isch hab die Sach mit hitzebeschdendischem Kleber rebbariern könne.

E ehnlisch Mallör hat misch bei em annere aagesehene Goldschmied bedroffe.

In dem seine Schaufensder hadd isch e mords Deggorrazzjon mit lauder Waldgeisder aus Baumpilze uffgebaut. En märchehafde Aablick, des kann isch ihne saache. Den hab isch fast jeden Daach genosse, wenn isch nach de Awweit an dene Fensder vorbei bin.

Wie isch widder maa da schdeh un guck, da denk isch, misch riehrt de Schlaach. Da warn doch aus eim von meine Waldgeister unne e paar Wermscher rausgekroche! Un beim Rausschlubbe haddese gleisch noch e Porzjon Holzmehl nausgeschafft!

Sehnse, so Sache kenne bassiern, wenn mer mit Madderialje aus Wald un Flur handiert. Solang aam des nur in de eischene vier Wend bassiert, isses ja net so schlimm. Es kann heechsdens zu eme Krach mit eim seim Ehepaddner fiehrn.

Des is mer mehr wie aamaa bassiert, awwer des hab isch in Kauf genomme, weil, Basdele is e ganz großaadisch Beschefdischung un e ganz brima Middel geesche Tranfunzlischkeit.

Aaler Schrifdschdeller klaacht

Des meisde Zeusch was isch geschriwwe
is in de Schubblade gebliwwe.
Des bissi was gedruggt worn is
hat nix gebracht wie en Verriss.

Idee hadd isch viel im Kobb,
doch mei Gedischde waan en Flobb.
Isch hedd halt Krimmis schreibe misse,
um die hedd sisch die Welt gerisse.

Aach Kochbischer wään gut gegange,
isch hab aach zwaa, drei aagefange,
doch hat mei Fraa misch iwwerzeuscht,
dass mei Rezebbde kaan Mensch bräuscht.

Die Leut sinn halt zu bleed gewese.
Sonst hedde se mei Zeusch gelese.
Die kenne misch am Äämel legge.
Die Nachwelt wird misch einst enddegge.

Was iwwrischens Verleescher treiwe
Mit Leut wie isch wo Bischer schreibe,
des lesst sisch wägglisch net beschreibe.
Desweesche lass ischs liewer bleibe.

So kanns gehe

Er wollts de annern noch maa zeische,
wollt zwaa, drei Schdufe heher schdeische,
bis hoch ins Mennidschment enuff,
er hat gedacht, er hätts noch druff.

Er wollt beim Marathon mitlaafe
un sisch en Maserati kaafe.
Da is em Unerwaddedes begeeschent.
Er hat des Zeidlische geseeschent.

En gude Rat

Wenn disch ganz unvermiddelt nackt
Als emaa de Weltschmäzz packt,
dann nix wie in e Werdschaft setze
un sechs bis siwwe Schobbe petze.

Wenn dann so schee die Gleesjer klinge,
warum net maa des Danzbaa schwinge
un – warum net – e Fass uffmache
un midde Leut sisch schiwwlisch lache?

Schobbe petze, danze, lache,
als emaa e Fass uffmache,
des hilft, wenn unvermiddelt nackt
aan emaa de Weltschmäzz packt.

Krisebeweldischung

Isch deht gern nochemaa jinger sei.
Isch saachs nochemaa, isch bin so frei.
Isch hedd aach gern, isch saachs nochemaa,
mein Waschbreddbauch von dazumaa.

E Landhaus hedd isch gern am See
un Geld wie Heu, des wär schonn schee.
Isch deht gern en Ferrari fahn
Toskanawädds mit Affezahn.

Ganz ohne Riggsischt uff die Preise
deht isch gern maa die Welt umreise.
Des Taddschmahall deht isch gern seh.
Isch hedd aach gern noch all mei Zeh.

Schdadddesse hogg isch lahm un krumm
als nur in meine Schdubb erum.
Zu esse gibts nur Tiefkiehlsache.
Isch fraach sie maa: is des zum Lache?

De Dax, der fellt un fellt un fellt,
falsch aageleescht hab isch mei Geld,
die Helft, die ging de Bach enunner,
da hilft aam wägglisch nur e Wunner.

Des Wunner is mei neues Ziel,
wenn isch ab jetz im Loddo schbiel.
Bei so viel Schleesch uff eim sein Nagge,
da hilft nur aans. De Jackpott knagge!

Kaa Schmuggschdick mehr

De Zahn der Zeit, Godd seis geklaacht,
hat bees an mir erumgenaacht.
Einst digge Bizebbs sinn jetz dinne,
Mei Schdern weggst immer mehr nach hinne.

Mei Kreuz war frieher käddsegrad.
Jetz isses krumm. So isses. Schad.
Mein Waschbrettbauch aus friehrer Zeit
hat sisch gewölbt wie net gescheit.

Was war isch frieher rank un knaggisch!
Seh isch misch heut im Schbischel, naggisch,
deht isch misch gern vor lauder Schregge
im nägsde Kleiderschrank verschdegge.

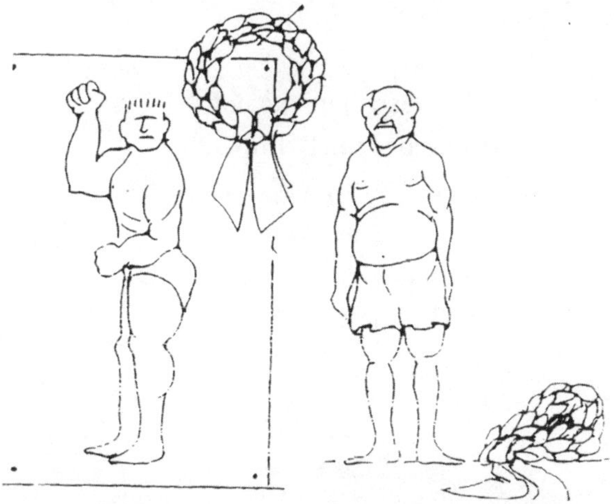

Mit annere Aache

Mit klaache heer isch jetz maa uff.
Isch hab ja einisches noch druff..
In meim Kobb hab isch Idee,
aus dene werd was, mer werds sehe.
Aach wenn isch lang druff wadde muss,
er kommt beschdimmt, de Musekuss.

Zuschbruch fer Sennjorn

De Niggelees is abgereist,
die Weihnachtsgans, sie is verschbeist,
des aale Jahr is bald vorbei,
e neues kimmt jetz an die Reih.

Was es bringt, mer waaß es net.
Villeischt lieht mer bald krank im Bett?
Villeischt werd mer noch schusslischer,
vergesslischer un dusslischer?

Egal. Wenn dann de Friehling kimmt
un mer en neue Aalaaf nimmt,
dann gehts berschuff, des werd mer seh.
Kobb hoch, ihr Leut, es werd schon geh!

In eischner Sach

Wolff un Nardelli, das Geschbann,
zeischt hier widder, wasses kann.
Wagger ziehn zwaa aale Knagger
ihren Pfluch dorsch manschen Agger.

Lang schonn schaffe die zu zweit,
ihre Saat schbrosst, blieht, gedeiht.
So kanns ruisch noch e Weilsche geh.
Wie lang? No ja, des werd mer seh.

Diskretion

Isch waaß net, wies Ihne geht, awwer isch hab die Nas voll von all dene Schweinereie in de Zeidunge un im Fännseh.

Was mer da beim Zabbe dorsch die zisch Kaneel zu sehe kriet, ob mer will odder net, also naa. Un des Zeusch wo in de Bullewahbládder schdeht, Kondaggdaazeische un so, was mer beim Frisör liest, bevor mer draa kimmt, also naa. Isch hoff als nur, dass mei Enkelkinner die Sauereie net zu Gesischt kriehe.

Gut, e bissi mehr Freizieschischkeit is schon en Fordschritt geescheiwwer frieher, wo mer ja den ganze errodische Kram sozusaache unner Verschluss gehalde hat. Isch muss da an mei Eldern denge, die waan aach zimmlisch zimberlisch in dere Beziehung. Awwer irschendwo heerts uff. Mer muss ja net alles iwwer so Sexsache an die groß Glock henge.

E bissi mehr von de sogenannde Diskretion deht kaam weh, maane se net aach? Awwer die is scheints de Bach nunner.

Außer bei de Post. Dort schdeht an der Schdell, wo mer in de Schlang wadde muss, e Schild mit der Uffschrift „Diskretion".

Beese Zeide

Aus alle Egge kriecht de Hass,
mer lebt wie uffem Pulwerfass.
Heut maa hier un morsche dort
heert mer von Aaschleesch un von Mord.
Morschens in de Schdraaßebahn
hoggt vielleischt en Talliban.

Terror mache aach die Fraue,
kaam is heudzudaach zu traue.
Nix is mehr sischer, des is klar,
iwwerall lauert Gefahr.
Aach in Rom, im Vaddikan,
hoggt vielleicht en Talliban.

Lauder dumm Zeusch (2)

Sie hawwe offensischdlisch die Geduld uffgebracht, bis hierhie weiderzulese. Da zieh isch mein Hut.

Zwangsläufisch hawwe se da mitgekrieht, dass isch geleeschendlisch bliehende Unsinn uffschreib, wenn misch en Aafall von Tranfunzlischkeit iwwerfellt.

Was jetz kimmt, is widder maa so ebbes. Am besde, Sie iwwerhibbele den ganze Goggolores.

Grades, Rundes un Eggisches

Die Parallele

____

____

Zu ganz schbezzjelle Schdrische zehle
die sogenannde Parallele.

Des sinn zwaa Schdrisch, mer kanns hier seh
wo gleisch weit ausenanner schdeh.

Dass die sisch treffe im Unendlische
geheert net zum Verschdendlische.

Des Zweieck

Iwwer des Zweieck is seit Jahn
nix Genaues zu erfahn.

Des Dreieck

Mit seine immerhin drei Egge
brauch sisch des Dreieck net verschdegge.
Un doch leidet des Dreieck sehr,
es hätt so gern aa Eggsche mehr.

Die Linie

Die Linie, des is so en Schdrisch,
des waaß jeder, net nur isch.

An e Dach könnt mer hier denke,
wenn die zwaa Schdrisch sisch so ver-
schrenke.

Isch selber denk für meinen Teil
dadebei mehr an en Feil.

En Feil, der fliescht bekanndlisch gut,
wenn mer en net verbiesche duht.

Verboochne Feile, guggt maa her,
die bilde so en Kreisverkehr.

En Feil dorschs Häzz, wer waaß des net,
ohne e Wort von Liebe redd.

Die Kuchel

Uffgemäggt: Aus gudem Grund
is die Kuchel kuchelrund.
Wär se net rund, sie könnt net rolle,
un des, des soll die Kuchel solle.

Verwannschaft middem Kreis endegg isch:
Wie der sinn Kuchele net eggisch.
Was die zwaa trennt, sie wisses schon,
es is die dridde Dimmensjion.

Mansche Kuchele, die sinn gefährlisch.
Des is Ihne net erklärlisch?
No, des wern se schnell begreife,
wenn die um ihre Ohrn duhn peife.

In de Kich

Es Messer

Es hat en Griff un hat e Schneide.
Die geheern zum Messer. Beide.
Doch nur mit aam von dene beide
kann mer im Bedaffsfall schneide.
Zur Vorsischt saach isch hier am Rand:
de Griff is dazu net imschdand.
De Griff mer net zum Schneide wählt,
weils dem halt an de Schärfe fehlt.
Net schnittgeeischent sinn aach Schneide,
die chronisch annerer Schdumbfheit leide.
So Schneide muss mer halt ersetze
odder awwer orndlisch wetze.

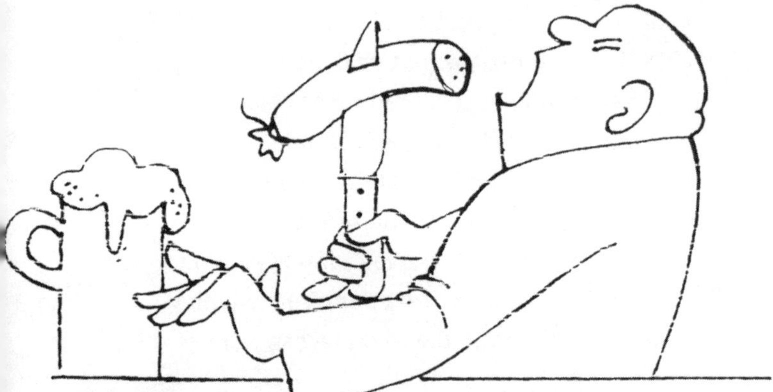

De Leffel

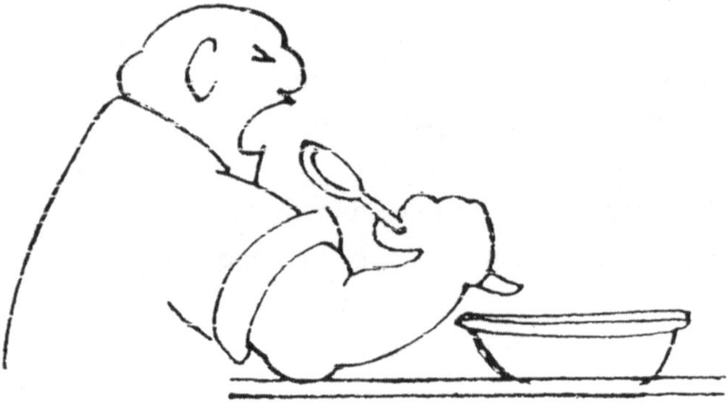

Mer kennt sei Subb ja eifach schlörfe
aus de Dibbe, aus de Deller.
Des ging ja viel, viel schneller.
Doch des, des daff mer gaanet dörfe.
Schon frieh lernt mer: aus Subbedibbe
fiehrn nur die Leffel an die Libbe.
De Leffel selbst, der hat en Schdiel,
zum Schebbe nutzt der eim net viel.
Mit dem kann mer de Leffel halde.
Doch soll die Subb net gleisch erkalde,
fillt mer den aane Teil, den runde,
wenn meeschlisch in zwaa, drei Seggunde
mit Subb. Die fiehrt mer dann zum Mund
vorwieschend um die Middaachsschdund.

Vom Wedder

De Reesche

Weeschem Wachsduhm is de Reesche
fer de Bauernschdand en Seesche.
Unseraam kimmt dadegeesche
Reesche meisdens ungeleesche.

Beim Wandern hat mer weenisch geesche
so e bissi Nieselreesche,
doch Wanderlust duht kaum erreesche
de sogenannde Dauerreesche.

De Wind

De Wind, den mer in Ost un West
sisch um sei Nas rum wehe lesst,
hat hoffendlisch net Schdägge zehn.
Net alle Winde wo so wehn
sinn nasefreundlisch uns gesinnt:
zum Beischbiel Blizzard, Wirwelwind,
aach Tramontana un Monsun,
Sandschdorm, Schneeschdorm un Taifun.
Net nasefreundlisch, wie isch find,
is ferner aach de Maachewind.
De Zephir, naa, des is kaan Wind,
des is nur e Lifdsche lind.
Wo de Zephir leise weht,
isser uns nahe: de Poet.
Der verwend ihn ohne Schade
fer Hymne, Ode un Ballade
un ganz schbezziell in dene
Poeme mit erhabne Theme.

Bei Eifallslosischkeit

Schdundelang am Schreibdisch siddse,
wadde, bis die Eifäll bliddse.
Kaan aane bliddst. Net ums Verregge.
Sie, des is kaa Zuggerschlegge!

Vor eim seim Kobb hat mer e Brett.
Neeschelkaue hilft da net.
Klimmziesch helfe aach net weider.
Kaffee? Naa, der aach net, leider.

Da muss was Anneres ebei.
Was isch maan, is Ebbelwei.
Mit Ebbelwei kimmt mer in Faht,
mer mäggdst im Nu: die Mus, sie naht.

Mer schläuscht zwaa Gläsjer, odder drei,
schon fällt aam ebbes Scheenes ei.
Uffs Dischde brauch mer net verzischde,
mit Ebbelwei, da fluddscht des Dischde.

Geschdänker iwwer Bänker

Ach, was muss mer als von beese
Bänkerbosse heern un lese,
die gude Leut ihr Geld endloggde
un es dann leischdfäddisch verzoggde!

Lehmann Brassers, fui! Bankrott,
Derriwade, nix wie Schrott,
Fongs, fui Deiwel, faule Eier,
scheene Grieß vom Bleidegeier.

Fluch de beese Schbegulande,
die gude Leut ihr Geld verbrannde
un mit ihre Macheschaffde
fedde Boni an sisch raffde!

Mir annern, mir sinn ohne Gier,
des geheert maa fesdgehalde hier.
Mir sinn annersder wie Bänker,
iwwer die isch grad hier schdänker.

Annererseits:
Wenn de Schdaat es iwwertreibt,
dann muss mer sehe, wo mer bleibt.
Goddseidank gibt's ja Oase
fer uns gude aale Hase.
Aach wenn von dene e paar schließe
brauch uns des net zu verdrieße.
Lischdenschdein, des muss net sei,
uns aale Hase fellt was ei.

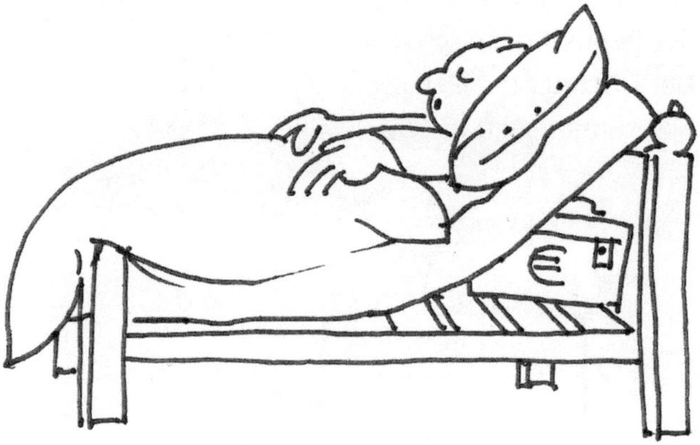

De Geleeschenheidsdischder

Dieser Reimschmied schdeht bereit,
er waddet uff Geleeschenheit.
Ihm is worscht, wer was verrischdet,
er is zur Schdelle, un er dischdet.

Wird erschend wer zum Scheff ernannt?
Tritt aaner in de Ruheschdand?
Geborzdaach odder Trauerfall,
er is debei un bleibt am Ball.

Selbst fer die eischne Ruheschdatt
der Reimschmied schon e Versje hat:
Der Dischder der Geleeschenheit,
hier ruht er sanft in Ewischkeit.

De Krisedischder

Wenn ringserum die Banke krache,
kann aaner sisch ins Fäustsche lache:
De Dischder. Der kann schee besinge,
wie die Annern mit de Krise ringe.
Er braucht net sei Schdern zu runzele,
Grund genuch hadder zum Schmunzele.

Sache, die fer ihn sisch lohne,
sinn Abwrackpremje, Subbvennsjone,
faule Fongs, Zäddifiggade,
Schroddbabbiern un Derriwaade.
Ihm leescht sogaa de Pleidegeier
fer sei Gedischde scheene Eier.

Die Schbeggulande, die perverse,
die nitze ihm un seine Verse.
Ihm basst sogaa die Insolwenz
als Reimwort uff Mercedes Benz.
Die Kündischung, betriebsbedingt,
aach die klingt erschendwie beschwingt.

Zinse nunner, Zinse nuff,
fer sei Schbrisch freuder sisch druff.
Die Lehmann Brassers, die sinn pleide?
De Dischder duht net drunner leide.
Aach wenn die Zeide noch so mies,
er zieht nur Honisch aus de Kris.

Vom Bischerlese

Kaum buchschdabiert mer A-B-C,
schon erscheint die Märchefee
middem Rodkebbsche un Hans im Glick,
mit Riewezahl un Daumesdick,
Rapunzel un de siwwe Rabe,
Schneewiddsche un de siwwe Schwabe.

E bissi elder liest mer schon
die Schatzinsel un Robinson.
Max un Moritz, die zwaa beide,
die kann jeder aach gut leide,
un wahscheins hawwe viele Junge
mederweis Kall May verschlunge.

Mer werd elder, un schon bald
sieht mer vor Beem net mehr de Wald.
Im Bischerwald irrt mer umher,
mer hat die Auswahl, die is schwer:
von A wie Aichinger bis Z wie Zweisch,
vor dene isch misch hier verneisch.

E paar Leut lese – Goddseidank! –
die Glassiger im Bischerschrank,
weil, schlecht berade is gewese,
wer nie im Lewe Faust gelese.
Die Kranische des Ibykus,
aach die, von Schiller, sinn e Muss.

Gern duh isch aach hier besinge
die wo uns zum Lache bringe:
Willem Busch un Morschenschdern,
aach Heinz Ehrhardt liest mer gern,
ferner Gernhardt, Ringelnatz,
aach Eugen Roth kriet'n Ehreplatz.

Un aan derf mer grad hier in Hesse
uff wägglisch gaa kaan Fall vergesse.
Fern Schluss hab isch mern uffgehobe,
ihn duh isch ganz besonners lobe,
ihn, dem's net wollt in sein Kobb enei:
Wie kann nur en Mensch net von Frankfort sei.

Sennjornelegie

Es leeft net viel
im Domizil
fer uns Sennjorn
mir hogge rum
meist schdill un schdumm
Kondakt verlorn
mir wadde ab
die Zeit werd knabb
fer uns Sennjorn

Wenns schon so aafängt

Um finf	Zu frieh uffgeweggt
Um siwwe	Im Krangehaus eigedscheggt
Um acht	Zimmer noch net frei
Um neun	Dokter kimmt noch net vorbei
Um zehn	Misch hat mer scheinds vergesse
Um elf	Nix zu tringe, nix zu esse
Um zwölf	Wenn net alle Zeische täusche, schnibble die in annre Bäusche
Um aans	Werd net bald ebbes gescheh, werd isch eifach widder geh
Um zwaa	„Ziehn Sie dieses bitte an, Hemd und Strümpfe, Sie sind dran.“

Im Krangehaus

Wie schee isses im Krangehaus!
Mer kommt maa ausem Alldaach raus,
kann seiner Fraa emaa endrinne
un Schbass am Singelsei gewinne.

Alles, was mer mit dir duht,
duht dem Werdschafdswachsdum gut.
De Abbodeeker un de Azzt,
ohne disch wärn se verrazzt.

Gern duht mer sisch aaverdraue
dene Schwesdern, liebe Fraue,
Paggisdanis, Inderinne,
Kroadinne un Terkinne.

Is die Verschdendischung aach mies,
redd mer halt mit Hend un Fieß.
Im iwwrische lernsde hier kenne
Klasse Leut, isch duh se nenne:

Raddiolooche, Urrolooche,
Kabbazzidede, ungelooche!
Terrabeude, Psüschiader,
Reha – un Diädberader.

Proggdolooche, Kaddjolooche,
alle schee weiß aagezooche,
Schirrursche un Naggoddisöre,
un was waaß ich fer Obbradöre.

Indernisde, Ordopäde,
Exberde fer die ganze Schäde
im Kobb, am Häzz, im Bauchgekrös,
egal ob gudaadisch, ob bös.

Zu esse kriesde hier kaa Ribbscher,
nur Zwiebäckscher und dinne Sibbscher.
Wie schee isses im Krangehaus!

Hoffendlisch kimmsde bald raus.